ハヤカワ文庫JA
〈JA1226〉

黒豚姫の神隠し

カミツキレイニー

早川書房

7892

黒豚姫の神隠し

「昔《ンカシ》、昔、あるところに。神々ぬ住む不思議な都《トゥクルンカイ》がありました——」

駄菓子屋のオバーは焦点の合わない両の瞳で、居並ぶ子どもたちを見回した。

ドラゴン飴を一粒摘《つま》み、不揃いな歯を開いて口内に放る。

「そこでは沖縄の多くの神々が、みな仲良く暮らしていた。中でも一際大切にされていたのが、白くて小さな可愛い子豚——〝ウヮーガナシー〟「やたん」

膝の上に置いた紙芝居。めくった次のページに描かれていたのは、二本足で立つ真っ白い子豚。つぶらな瞳に、くるりと弧を描く小さなしっぽ。その愛くるしさに、子どもたちの表情も綻《ほころ》ぶ。

子豚の神としてのお仕事は、人間界から流れてくる厄《やく》を食べることだった。

オバーがさらにページをめくると、子豚の周りに集まった神々が、両手に黒くベタベタした厄をのせて差し出している。

「子豚は神々が喜んでくれるのが嬉しくて、言われるがまま厄を食べ続けました。そのおかげで、海の都はいつまでも綺麗なまま。しかし人間界から流れてくる厄は、尽きることがありません――」

オバーはページをめくる。そこに描かれた子豚の絵を見て、子どもたちが眉根を寄せる。あんなにも愛くるしかった子豚の姿が、物語が進むにつれ、変化していく。

厄をその体に溜め続ける子豚の体は徐々に膨らみ、毛並みは黒く濁っていく。瞳は赤く充血し、はみ出た牙が頬を歪《ゆが》ませる。その姿はいよいよ、化け物じみてくる――。

「ヴォヴォヴオォオッ！」

オバーが目をぎょろつかせ、ウヮーガナシーの鳴き声を真似ると、子どもたちはビクリと肩を跳ねさせた。

「醜い姿となったウヮーガナシーに、近づく神様はいません。誰もが皆、この大豚の溜めた厄に触れるのを恐れていたわけさ。独りぼっちのウヮーガナシー。その醜い豚は寂しくて、寂しくて。夜な夜な海の都を抜け出しては、近くの島の子どもたちをさらう。可愛い子どもたちを、自分と同じ醜い豚に――豚童《ウヮーワラバー》へと変えてしまう」

ガリッ……！

オバーはドラゴン飴を嚙み砕き、今にも泣き出しそうな子どもたちへ言い聞かせる。

「——日が落ちて《ティーダヌウチティ》、夜になったら《ユールニナレェ》、外に出てはいけないよ《フカカイインジテェナランドゥ》。いいね？　この島の決まりを忘れたらいけんよ。もしも破ったらその時は。醜い黒豚が来るからねえ——」

第一話《ティーチ》　虹の彼方に

パン、パンと二度、手が打ち鳴らされた。

「はい皆さん静かに。では名前を呼びますからね。順番に前へ出てください」

音楽教員はすました声でそう言って、椅子に座る生徒たちを見渡す。

前に出てピアノの脇に立ち、クラスメイトたちの前で、歌声を披露しろと言うのだ。二三名いる生徒たちの誰一人いい顔をしなかったが、それが期末テストの一環だと言われれば、中学生である彼らに拒否する権限などない。

課題曲は英語だった。ミュージカル映画『オズの魔法使い』より、『虹の彼方に』。

歌い終わったクラスメイトにおざなりな拍手を送りながら、ヨナは隣に座る友人に尋ねる。

「なあ、これあと何回聴かなきゃいけないんだ……？」

映画に詳しい太めの友人マルは、いつものように苦笑してヨナを慰めた。

「まあまあ、ヨナ。我慢しようよ。ドロシーの歌った名曲だよ、これ」

「ドロシーったって……。〝ジュディ・ガーランド〟がどこにいるんだよ」

劇中にて、ドロシー役のジュディ・ガーランドが歌う『虹の彼方に』は、確かにマルの言う通り、誰もが知る名曲である。それはヨナも認めている。しかしいくら名曲といえど、二三名の全員が同じフレーズを歌うのだから、どうしたって飽きがくる。

せめて一人でもジュディ・ガーランドが紛れていれば——などと他愛《たわい》ないことを考えながら、ヨナはそっと目を閉じる。給食後の満腹感も手伝って、だんだんと眠くなってくる。ヨナの名字は〝山城《やましろ》〟であるため、順番はずっと後。音程の外れた歌を強制的に聴かされる午後は、まったりと過ぎていく。

沖縄の夏は蒸し暑いが、ヨナたちの住む島の学校の教室に冷房などはついていない。音楽室も例外ではなかった。パタパタと下敷きで顔をあおぐ生徒たちの首筋に、汗が流れる。

クラスメイトの弱々しい歌声などより、開けっ放しの窓から聞こえてくるセミの鳴き声の方がうるさかった。黒板の上に並ぶベートーヴェンやバッハでさえ、不機嫌に唇を結んでいるかのようだ。

やる気のない生徒たちの歌に業《ごう》を煮やして、窓際に座って歌声を採点していた三木《みき》先生が、再び手を叩いた。

「みなさぁん！　暑さに負けてはいけませんよ。もっと元気良く歌いましょう」

ヨナが腕を挙げ、ダラダラと発言する。

「先生、クーラーつけてくださぁい」

「あらっ。この島の子たちは暑さに強いと聞いてますけどね」

三木は、九州から島に赴任して来たばかりの教員だ。向こうでは期末テストに英語の歌を歌わせるのが習わしだったとしても、この島においては初の試みである。

そもそも英語というのが、離島に住むヨナたちにとっては必要のない教養だった。

ヨナの斜め後ろの椅子に深く座るアキ坊が、キャップを扇ぎながら大きな独り言を言う。

「つか、日本語でよくねえ。俺ら日本人だし」

するとマルとは反対側に座る日に焼けた女子、八重子《やえこ》が高々と手を挙げた。

「さんせーい！　何言ってるかわかんないから、聴いててもつまんないし」

二三名の生徒たちが次々と勝手に発言し、喧々囂々《けんけんごうごう》とざわつき始める。

またも三木は手を叩き、生徒たちを黙らせた。

「歌詞がわからないのは、わかろうとしないからです。心を込めて歌えば、心を込めて聴けば、音楽は言葉の壁を乗り越えることができるの」

三木は椅子に座る生徒たちを見回して、『虹の彼方に』を和訳して聞かせる。

——虹の向こうの空高くに、子守歌で聞いた国がある。

――虹の向こうの空は青く、信じた夢はすべて叶うの。

「カンザスで退屈な毎日を送るドロシー。その、ドロシーの気持ちになって歌ってください。大空に架かる虹の向こうに、天国のような景色を思い浮かべるの」

ヤク中かよ、とヨナはため息をついた。歌いながら見えない景色を想像するなど、それこそ薬漬けのヘロヘロ状態で歌うシーンを撮ったという、ジュディ・ガーランドの黒い噂そのものである。薬物中毒でもない自分たちが、映画の中でないこの辺鄙《へんぴ》な島で、どうやって虹の向こうの天国を見ることができるというのか。

三木の言葉は生徒たちに届かなかったようで、音楽室はいよいよ収拾のつかない状態となった。「終わったから外出てもいいですか」などと勝手に離席する者まで現れる。

「ダメです、座って。座ってください。実技を再開します。次は……波多野清子《はたのきよこ》さん、前へ」

喧噪《けんそう》の中。はい、と波多野は静かに立ち上がった。

この暑い中、黒髪ロングストレートという重厚なスタイルをしているというのに、波多野は熱や暑苦しさを感じさせない。雪のように真っ白な肌のせいなのか、氷のように冷たい無表情のせいなのか。とにかく波多野は、沖縄の暑さの中にあって汗一つかかない、クールビューティーな少女である。長い睫毛《まつげ》に、しゅっと鼻筋の通った整った顔立ち。顔の両端から、ちょこんと耳の先が飛び出ているのが特徴的だ。

ヨナたちと同じ中学二年生だというのに、その立ち姿はどこか大人びて見える。

波多野がピアノのそばに向かってしずしずと歩いていくその姿に、生徒たちは好奇の視線を向けた。誰もが自然と口を噤《つぐ》み、ざわついていた音楽室が静かになる。

六月という、中途半端な時期にやってきた転入生。波多野には、友だちがいなかった。転入してきたはじめの頃こそ、東京育ちの波多野を珍しがり、クラスメイトたちは入れ代わり立ち代わり話しかけてはいたが、クールビューティー波多野はピクリと眉根を僅《わず》かに歪ませ、露骨に嫌な顔をしてみせた。クラスメイトたちを田舎者と見下しているような、「私はあなたたちと違う」というような、そんな視線を受ければ当然、近づく者もいなくなる。

名前で呼び合うのが通常である島の小さな輪の中で、波多野清子だけがいまだ「波多野さん」とよそよそしく呼ばれている。クールビューティー波多野、などと陰で嘲笑されるあだ名が、親しみから来るものではないことは明らかだった。

波多野が転入して来てからおよそ一カ月。ヨナは波多野の笑顔を、一度も見たことがない。当然その歌声を聴くのも、初めてである。

笑いもせず、会話もせず。何を考えているのかわからないミステリアスな美少女は、一体どんな歌声を披露するのか。上手ければ見た目通りで面白いし、下手くそならもっと面白い。クラスメイトたちと同様、ヨナもまた息を呑み、ピアノのそばで一礼する波多野を注視する。

視線を一身に浴びながら、波多野はピアノの伴奏に合わせて、歌い出した。

「サァム、ホェーア、オォバザ、レインボウ……」

それはあまりにも、切なげな歌声だった。波多野は胸の前に手を握りしめ、表情を歪め、感情を紡ぐ。波多野の歌声が、生徒たちの間を流れていく。上品に、淑《しと》やかに。そのメロディが、聴いている者の心に染み渡る。

席を立っていた生徒が、波多野から目を離せないままストン、と着席した。

パタパタと下敷きで扇いでいた生徒が、まばたきすら忘れ、その手を止めた。

音楽室に吹き込む夏風が、カーテンを大きく膨らませる。

波多野の黒髪がなびき、スカートが揺れる。唇を震わせ、瞳を潤ませ、波多野は変わらない日々の退屈を憂いて歌った。まだ見ぬ地への想いを馳《は》せて歌った。その声はか細く今にも消えてしまいそうなのに、確かに聴く者の胸を打つ。セミはやかましく喚《わめ》くのをやめた。黒板の上のベートーヴェンやバッハでさえ、波多野の歌声に耳を澄ましているようだった。

ふと波多野が譜面から顔を上げ、窓の外へ視線をやる。皆もつられて大空を仰ぐ。

ヨナも、そのそばに座るマルも、八重子もアキ坊も。三木までもがバインダーから顔を上げ、波多野の視線を追いかけ澄み渡る空へと振り返る。

信じられないことに、虹が架かっていた。

波多野は歌う。歌い続ける。

あの虹の向こうに、夢を見る。遥か遠いどこかには、きっと願いの叶う場所がある。ヨナは窓の外に目を細め、虹の向こうを見ようとした。波多野の歌うその場所というのが、オズの国なのか東京なのかはわからないが、とりあえずはこんな辺鄙な島の、小さな学校の、蒸し暑い音楽室じゃないどこかだろうと思った。

「――バァズ、フライ、オォバザレインボウ……ゼン、オーホワイ、キャントアイ……」

ポロリン、とピアノの伴奏が終わる。その音色さえ、波多野との別れを惜しんでいるかのようである。余韻に満ちた音楽室は、しんと静まり返ったまま。拍手は送られなかった。代わりに聞こえてきたのは、鼻をすする音。感極まった誰かが泣いていた。

波多野はピアノの伴奏者に一礼し、それから三木にも頭を下げる。

顔を上げた波多野は、またいつもの無表情――クールビューティー波多野に戻っていた。微動だにしない冷たい表情は、怒っているかのようにさえ見える。

水を打ったような静寂の中、すたすたと自分の席に戻る波多野。

その姿を、ヨナは目で追いかけた。

「……いた」

思わずつぶやいたヨナに、隣の八重子が目元を拭いながら声をかける。

「すごかったねえ……。誰かの歌聴いて泣きそうになったのなんて初めて……」

「……ははっ。バカじゃん？　さすがに泣きはしねえけど——」

八重子に向き直ったヨナの制服に、ぽたりと赤い血が垂れた。

「はっ⁉　あんた、鼻血……⁉」

「……へ？」

八重子が勢いよく立ち上がり、ガタンと椅子の倒れた音が響く。

「鼻血ー！　せんせーい！　ヨナが感動しすぎて鼻血出してるうっ！」

八重子が声を上げたので、周りの生徒たちがヨナから逃げるように距離を取った。

「何だよ、お前らだって泣いてただろ！」

音楽室の真ん中で弁解するヨナ。波多野はその騒ぎの中でもただ一人、我関せずと席に座ったまま目を伏せている。その少女はやはり、クールビューティーだった。しかし彼女の歌声はクラスメイトの多くを泣かし、ヨナに鼻血を噴かせた。

波多野の歌声は終わってもなお、ヨナの心臓を高鳴らせ続ける。衝撃は終わらない。興奮が冷めやらない。ヨナは鼻血を拭いながらも、こみ上げる笑みを抑えることができない。いたのだ。退屈を吹き飛ばしてくれる存在が。自分を虹の彼方へと連れて行ってくれる美少女が。映像の中にではなく、現実に。

この辺鄙な島の、クーラーの効かない音楽室に。

――ジュディ・ガーランドが、いた。

×　×　×

この島が嫌いだった。

退屈なこの島が。将来の決まり切ったこの島での暮らしが、山城米輔《よねすけ》は嫌いだった。

宇嘉見《うかみ》島は、沖縄本島よりも遥か南に位置する離れ島である。漁業とサトウキビ産業で成り立つ、人口一〇〇〇人にも満たない小さな島だ。

米輔――通称ヨナの住む家から、島で唯一の港までは自転車でたったの一〇分足らず。島の端へはすぐ行ける。しかしそこから、最も近い離島である石垣《いしがき》島にさえ、フェリーで揺られて一時間半もかかる。

例えばそこから更に東京まで行くには、新石垣空港から飛行機で飛び立って三時間半。つまり飛行機を駆使すれば、宇嘉見島から東京へは、最速五時間で行けるのだ。

何だ意外と近いじゃないか、とヨナはかつて喜んだ。朝に出て昼に着く程度であれば、東京という、名前しか知らないテレビの中の街も異世界ではない。

しかし旅費を調べてみれば、中学生であるヨナには、到底手の届かない額であった。ならばフェリーではどうかと検索を進めると、なぜかフェリーの方が高い。その移動時間は、那覇港経由で五九時間半もかかるらしい。愕然《がくぜん》とした。

近いと感じたのは、飛行機という文明の利器あっての奇跡であり、地図上では人差し指分ほどしかないその距離も、実際に行くとなるとやはり途方もなく遠いのだ。

港から空と海の境界線を見つめて、ヨナは遥か先へと思いを馳せた。

退屈な毎日を憂い歌う、ドロシーのように。

——虹の向こうの空高くに、子守歌で聞いた国がある。

——虹の向こうの空は青く、信じた夢はすべて叶うの。

東京から二日と一一時間三〇分離れた小島。それがヨナたちの住む宇嘉見島である。


自転車を走らせ学校の門をくぐり、一度曲がれば、あとはずっと真っ直ぐの自動車道。県道333号線は、島民の間では「サンサン」と呼ばれている。この車道が島一番の長さと幅の広さを誇る理由は、他に県道がないからだ。車道でありながらほとんど車の通らない一本道。それが、この島に暮らす子どもたちの通学路となっている。

右側には生い茂る山々。左側には青い海が広がっている。

水面を滑って吹きつける潮風が、立ち漕ぎするヨナの汗ばむ肌を撫でる。見慣れた風景を視界の後ろに吹き飛ばし、ヨナは力いっぱいペダルを漕ぐ。

いつだって急いでいた。

いつだってヨナは走っていた。

腰を曲げて畑仕事をしていた老婆が、ヨナを見つけてクバ笠の縁を持ち上げる。

「あい、ヨナ。今帰りねえ？　寄り道しないよ！」

「はーいっ」

車道の脇をのんびり進むトラクターを追い越せば、走る背中に声がかかる。

「ええ、ヨナ。日が暮れるまでに帰りなさいよー！」

「はいはーいっ」

ヨナは振り向きさえせず声を上げ、トラクターを置いていく。この辺りでは皆が皆、顔見知りだ。帰り道に声をかけられるのも毎度のこと。いちいち相手していては切りがない。

――日が落ちて《ティーダヌウチティ》、夜になったら《ユールニナレェ》、外に《フカカイ》出ては《インジティェ》いけないよ《ナランドゥ》。

島の言い伝えが、大人たちに声をかけさせるのかもしれない。

日が落ちれば〝黒豚ウヮーガナシー〟が現れるから。子どもたちは夜までに家へ帰らなければならない。豚の姿をした悪神は、子どもたちを攫《さら》ってしまうから。

この小さな島の、どこにウヮーガナシーが潜んでいるかわからない。だから大人たちはその神の名を口にすることさえ憚《はばか》るが、ヨナはその存在を信じていない。島で生まれ育って一四年。今まで、そのような恐ろしい豚など見たことがない。

知らない豚など、恐れようがない。しかしそうやって嘲笑すると、決まって大人たちは眉間にしわを寄せ、厳しい口調で叱りつけるのだ。

「ええヨナ笑わんよ。お前《ヤン》も豚童《ウヮーワラバー》になりたいば？」

七年前。実際に夜になっても帰らなかった子どもが、そのまま行方不明となった。その子は二日後に山の中で発見されたが、ウヮーガナシーに厄を移されてしまったために、気がふれてしまったのだとヨナは聞いた。

もともと、夜出歩いてはいけない、という決まりごとは、ただ子どもを早く家に帰すための脅し文句だったのかもしれない。しかし実際に神隠しが発生した七年前から、島の住民たちは夜を極端に恐れるようになった。

大人たちは夜の徘徊《はいかい》を自粛し、子どもたちには固く禁じている。ヨナに豚の恐ろしさはわからない。しかしある程度の悪戯《いたずら》なら笑って許してくれる大人たちでさえ、ウヮーガナシーを軽んじれば血相を変えて怒り出す。

「夜までには帰りなさい」

「日が暮れるから気をつけなさい」

だからこの類の声掛けには、おざなりながらも、返事する。

ヨナは返事しながら、そんな大人たちを軽んじていた。アホみたいだな、と思う。見えない豚に怯《おび》え、夜から逃げるなどと。いかにも田舎の風習だと笑った。

今時、夜出歩いてはいけないなどと、そのような理不尽な決まりのある町が他にあるだろうか。古臭くて閉鎖的。島が嫌いな、一つ目の理由だ。

ハンドルを赤瓦屋根の並ぶ集落に向けて、自転車を走らせ続けた。県道333号線から脇道へ逸れて坂道を上ると、アスファルトはやがて白い砂利道となる。

真っ赤なハイビスカスの咲く生け垣の向こうから、軽快な三線《サンシン》のメロディが聞こえてきた。隣家の老人が奏でる音楽は、それしか弾けないのではないかと噂されるほど決まって同じ曲。『ハイサイおじさん』である。

聞き慣れたメロディの歌詞を口ずさみながら、ヨナは自宅の門を通り抜ける。

横長に広い木造の一軒家。石垣を積んだだけの門に、扉はない。

「ただーいまーっ」

自転車に乗った高さだと、門の両端に立つシーサーが、腕を伸ばしてちょうど触れられる高さにある。島を出た兄が、片っ方の頭だけ撫でる習慣をヨナが引き継いで続けているため、口を閉じたメスのシーサーの頭だけが、ツルツルに禿げ上がっていた。

門をくぐれば砂利の敷かれた庭があり、その向こうに、雨戸も襖《ふすま》も開け放たれた山城家が建っている。襖を全開にするのは風を通すため。この島に建つ赤瓦の木造は、どれも警戒心がなく隙だらけだ。

家の中の気配を探りながら、ヨナは自転車をそっと砂利の上に倒した。抜き足差し足で縁台を上がり、自分の部屋へと向かう途中。運悪く妹に見つかってしまう。

「ヨナ兄《に》ぃ！　死ねぇ！」

　小学二年生の依子《よりこ》が、唐突にヨナの尻へ「ビシ、ドゥシ！」とパンチを繰り出してくる。こちらの都合などお構いなしに、勝手に〝戦いごっこ〟を始めてしまう。

　ヨナはパンチを受けながら、「しーっ！」と人差し指を立てた。

　しかし時すでに遅く、すぐに台所の方から、母親の大音声が聞こえてくる。

「米輔ー？　帰ったわけー⁉　ちょっとお使い頼まれて頂戴！」

「ああ……。くそ、見つかった……」

　ヨナは肩を落として天井を仰いだ。これだから、遊びに行く前に家に寄る行為はリスキーなのだ。母親というのはどうして毎度、子どもの邪魔をしようとするのか。

「米輔ー！　あんたいるのー？　口も利けんわけ？」

「はいはい、いるよー」

　酒樽のように大柄な母親は、普段から声が大きい。加えてまったく人の話を聞いてくれない。怒っているわけではないのだろうが、いつだって怒鳴られているような気分になる。

　手が離せないのか、姿は見せず声だけなのが救いであった。

「父ちゃんの船に道具届けて欲しいんだけどねー！」

「無ぅ理ぃー！　俺今忙しいからー」

道具を届けるだけで済むものか。漁師である父親の元へ行けば、次々と新たな仕事を押しつけられるに決まっているのだ。ヨナは母親のお使いを断りながら、勉強机の引き出しからビデオカメラを取り出す。これを取りに来たのだった。

母親はヨナに拒否権などないかのように、お使いを押しつけてくる。

「今ヒラヤーチー焼いてるから、それも持って行きなさいね！」

「だから行かねえって！　俺忙しいんだよ。もう出る」

「依子も行くー！」

逃げるように縁側へ向かったヨナだったが、依子が腰に抱きついてきた。ギョッとして体を振るヨナ。しかし依子はそれを遊んでいるのだと勘違いしたのか、欠けた歯を覗かせてケラケラと笑いだす。

「おい、お前、離せよ……！　兄ちゃんは忙しいんだ」

「やだやだ、依子も行くのー！」

台所で、コンロの火を消す音がした。次いで箸をお椀にのせる音。まずい、とヨナは唇を噛んだ。その声だけでも怖気《おぞけ》が立つというのに、面と向かえばヘビに睨まれたカエルと同じ。逃げるのが難しくなる。

「だあ、依子も連れてお使い行ってきなさいっ！」

台所の向こうから聞こえた声は、すでにお願いではなくなっていた。命令である。

ギィ、と床板が鳴り、巨体が近づいてくる気配がする。ヨナは「無理だってば！」と叫びながら、依子の額を押し出した。

依子はヨナの体から剝がされ、畳の上で派手にひっくり返る。

「うわ……。やべ」

ヨナは顔をしかめた。この妹はもう小学生になったというのに、割とすぐに泣く。泣かれるともう、どう足搔《あが》いても叱られるのはこちらだ。

「びゃあああああー！」

不細工に顔を歪ませ泣き喚く依子。いよいよ襖の向こうから、母親が顔を出す。

「アイエーナァ！ どうなってるの《ヌゥナトーガ》米輔っ！ あんたお兄ちゃんでしょうが！」

「ああもう……！ 知らねえ」

ヨナは両手で耳を覆い、踵《きびす》を返して駆け出した。縁側から庭へジャンプし、靴を半履きにして自転車に跨《また》がる。直後、母親の怒鳴り声を背中に浴びる。

「エエヒャア！ ここに《クマーンカイ》来なさい《クワー》悪ガキ《ヤナワラバー》、依子に謝らんね！」

鬼のような怒声とやかましい泣き声から、ヨナは一目散に逃げ出した。禿げ上がったシーサーにだけ「行ってきます」を言い、そのスベスベした頭を撫でる。

いい加減にもう、うんざりだった。家にいると息が詰まる。兄が、高校を卒業すると同時に家を出たのも頷《うなず》ける。

自由のない家。口うるさい家族。島が嫌いな、二つ目の理由だ。

×　×　×

「映画だ！　映画を撮るぞ。マル、アキ坊！」

宇嘉見島には東西に分かれて二つの集落があり、東町には中学二年は二三名しかいない。ヨナ、マル、アキ坊。それから八重子を含めた四名は家も近いため、自然と一緒にいることが多かった。小学校を卒業してからは、八重子はつるむことも少なくなったが、男同士の三名は中学に上がってからも、いまだ放課後をともに過ごしている。

三人の秘密基地は、島の最南端にある「南山」にあった。その丘は展望台として整備されており、石段を使えば難なく天辺《てっぺん》へ辿《たど》り着くことができる。

展望台のすぐ近くに雑木林があり、ガジュマルの木が枝葉を広げている。その上に作られたのが、この島でヨナが最も心安らげる場所――三人だけの秘密基地だ。

枝の間に棒を渡して骨組みとし、その上に板を敷いただけの簡素な造り。それでも、小学校卒業から二年の歳月をかけてコツコツと組み上げた基地には愛着がある。

天井は、広げたビニール傘を並べて布で覆っただけのもの。壁はなく、代わりに目隠しのためのカーテンを垂らしてある。夏になれば毛虫が出るし、冬は風が冷たくとても居られたものではなかったが、それでも三人は、放課後になるとこの場所に集う。

ヨナは縄梯子《なわばしご》にしがみついてガジュマルの木を登り、カーテンを捲《まく》って中を覗いた。マルとアキ坊はすでに中でくつろいでいる。ヨナの登場に顔を向けた二人へ、今一度声を上げた。

「映画だよ、映画！　主演はジュディ・ガーランド。監督は俺。カメラ持って来たんだ。今日から撮ろう」

「ジュディ……何？　誰？」

剝き出しの幹にもたれ、少年漫画雑誌を読んでいたアキ坊が気怠《けだる》げに尋ねる。制服の裾をだらしなく出して、基地とはいえ一応室内にもかかわらず、アキ坊はキャップを外さない。

「外人を撮るのか？　どこにいんだよ、それ」

アキ坊の隣で胡坐《あぐら》をかいていたマルが、ノートパソコンをいじりながら説明した。

「古い映画の女優さんだよ。『オズの魔法使い』のね。今日歌ったじゃん」

マルはパソコンの液晶をアキ坊に向けた。そこには、髪を耳の下で二つに束ねた白人の少女が映し出されている。少女の背景には、カカシ、ブリキ、ライオンに扮《ふん》した三人の男たち。ミュージカル映画『オズの魔法使い』のポスターである。

「映画？　映画は知らねえよ」

アキ坊は液晶画面を一瞥《いちべつ》しただけで、すぐに漫画雑誌へと視線を戻した。

小学生の頃、サッカー少年だったアキ坊は、隣島である石垣島のサッカークラブに所属していた。学校が休みの土日はもちろん、平日の放課後でも時折ランドセルを担ぎ、そのまま石垣島行きのフェリーに乗っていたものだ。しかしそれも小学校まで。アキ坊は小学校最後の年に怪我をして、それからずるずると練習をサボるようになり、やがてサッカークラブを辞めてしまった。

中学に上がってからは部活もせず、放課後をヨナたちとダラダラ過ごすようになった。しかし元は外で走り回るばかりのサッカー少年だったからか、アキ坊はヨナやマルと違って映画に興味がない。その反応はヨナにしてみれば至極つまらないものであったが、しかしマルならば、とヨナは床を這《は》い進む。

「なあマル。お前ならわかるだろ？　あの波多野の歌のすごさ」

マルならば、波多野を主役にして映画を撮ることがどれだけ名案か、わかってくれるはずだ。退屈なこの島で、映画という娯楽を教えてくれたのが、マルなのだから。

「ああ、そういうこと？　僕もびっくりしたよ。めちゃくちゃ上手だったたね」

マルはふっくらとしたほっぺを持ち上げて、にこにこ笑う。見た目いかにも裕福そうな、ふくよかな体つき。どこをパンチしても柔らかく、もちもちした彼はその印象通り食いしん坊で、そして東町一番の大きな屋敷に住む、町長の一人息子だった。

パソコンやアニメ、映画に精通していて、映画館のないこの島で、映画に関する知識を持つ希有《けう》な存在である。ヨナはマルの父親が出張のたびに買って来るDVDを、マルの持つパソコンでよく一緒に鑑賞していた。

決して大きくもないノートパソコンの液晶画面が、ヨナにとっては異世界への覗き穴だった。マルの父親が買ってくるDVDの多くはクラシック映画だったが、それでも見目麗《うるわ》しい役者たちの繰り広げる物語や、映し出される異国の街並みや文化、音楽は、どれもこの退屈な島にはないもので、ヨナの心をくすぐるには充分だった。いつしかヨナは、マルの父親が出張から帰ってくるのを、マル以上に待ち望むようになっていた。

「上手いどころじゃないぜ。波多野清子……。東京から来た謎の転校生か。ただ者じゃないとは思ってたが……まさか、ジュディ・ガーランドだったとはね」

「でもさ。ジュディ・ガーランドってあの撮影時、薬物でヘロヘロになりながら歌ってんだよ？　ってことは、まさか波多野さんも……？」

「んな訳ないだろ。つまり波多野は薬なしで上手いんだ。ホンモノのドロシーさ」

『オズの魔法使い』はかつて、兄がおすすめだと教えてくれた映画だった。ヨナがマルの父親にリクエストして、DVDを買ってきてもらった。マルと二人わくわくしながら肩を寄せ合い、リモコンの再生ボタンを押したものだ。

波多野の歌声を思うと、心が躍りだす。その興奮はまさに、初めて『オズの魔法使い』

を鑑賞したあの時の衝撃と似ている。

カカシのコミカルなステップ、ブリキの大袈裟《おおげさ》な仕草、泣き虫なライオンのあの表情。そのすべてが可笑《おか》しくて、一瞬にして彼らを好きになったあの感覚。

「わかるだろ、マル！　つまり『オズの魔法使い』なんだ」

「わかんないよ、ヨナ。つまり、どういうこと？」

「だからっ！　撮るんだよ。俺たちで。『宇嘉見島版オズの魔法使い』を」

「宇嘉見島版……？」

「ほら、前に話しただろ、俺たちで映画を撮ろうって話──」

それは、東京の映画製作専門学校に通う兄から、ヨナがビデオカメラを貰《もら》った時に出た話だった。正月に帰省した兄が、「俺は新しいの買うから」と手の平サイズのビデオカメラをくれたのは半年前。「お前も何か撮れよ」と、兄はそう言って笑っていた。

ヨナは家から持ってきたビデオカメラの液晶部分を開いて、レンズをマルの真ん丸い顔へ向ける。

「イチ兄ぃがお前も何か撮れって言うからさ、映画作ろうってなったじゃん。ただ、あの時は結局、山とか海とかばっか撮って飽きて投げだしちゃったけどさ。今俺は、ふつふつと沸いてるんだ。創作意欲ってやつ？　あいつのせいだ。波多野のせい」

「波多野さんを撮るの……？」

ずっと机にしまっていたビデオカメラは充電していないため、今はまだ電源が入らず液晶部分は黒いままだったが、ヨナはいかにも撮っているていで、何も映らないレンズを覗く。

「マル、映画祭あったろ。本島でやるやつ。あれ、今度の締め切りはいつだ」

カメラを向けられたまま、マルは「ええと、ちょっと待って」とパソコンのタッチパッドに指を滑らせた。マルのパソコンはネットに繋がっているわけではないが、いろいろな情報をコレクションのようにデータ保存してある。

沖縄本島で行われる映画祭の記事は、風景を撮っていた半年前に、検索して保存しておいたものだった。

「あったあった……ええと。締め切りは来年の一月だね」

「今は七月だから……六カ月先か。余裕だろ。大事なのは賞金だ」

「優勝賞金が、二五〇万円」

「二五〇万！　聞いたか、アキ坊！　二五〇万だぞ」

「いや無理だろ」

アキ坊は相変わらず幹に背をもたせかけたまま。漫画雑誌のページをめくりながら、顔を上げようともしない。

「素人の俺らが優勝なんてできるかっての」

「バカだな。やってみねえとわかんないだろ。イチ兄ぃは東京へ出る時、言ってたぜ。やらない後悔より、やって後悔した方がずっといいってな。ビデオカメラなら俺が持ってる。編集はマルのパソコンでできるし。波多野がドロシー役をしてくれれば、この島で『オズの魔法使い』が撮れる。撮らない理由があるか？」

アキ坊はだらしなく尻を滑らせ、もはや座っているのか仰向けになっているのか、中途半端な体勢のまま、雑誌を腹の上に置いた。

「その映画、波多野一人で成り立つのか？　役者は他にも必要だろ」

「まあ……そうだな。俺がカカシ。体のでかいマルがライオン。んで、お前がブリキな」

「いや、だから俺は観てねえって」

「観ろよ。マル、ＤＶＤ貸してやれ。あ、プレーヤー持ってないか。じゃここで観ろ」

「ねえヨナ。西の魔女役はどうするの？　怖い人を選ばなきゃ」

「うちの母ちゃんにやらせよう。太いけどまあ、いいだろ。怖えし。手下は八重子でいこう」

「じゃ、トトは？　ドロシーの連れてる犬」

「犬？　シーサーでも抱かせとけ」

ヨナは立ち上がり、どこか芝居がかった仕草で、マルの鼻先に指を立てる。

「いいか？　最初はドロシーのシーン。こんなつまらない退屈な島から出たい、その一心で空に歌うんだ」

ヨナは、秘密基地を覆うカーテンを大きくめくった。

薄暗かった基地に、眩《まぶ》しい日の光が差し込んだ。

入道雲の伸びる大空を見上げ、遥か遠いどこかへと想いを馳せる。ドロシーの気持ちはよくわかる。ヨナもまた、ここではないどこか遠くへ憧れているのだから。

「さーむっ！　ほぇーあ！　おーばざ、レインボウっ！」

「うるせえ……」

キャップのツバを下げるアキ坊のそばで、マルが再び疑問を投げた。

「待って、ヨナ。ここがカンザスなら、じゃあオズの国はどこで撮影するの？」

「オズの国は……。まあ島からは出られねえんだから、やっぱここで撮るんじゃね？」

とはいえ、海と山しかないここが〝オズの国〟と言えるだろうか。何でも願いが叶う国？　天国だと。ヨナは腕を組んで考えたあと、頭を掻いた。

「んー……。違えよなあ。やっぱそこは、東京だよなあ……」

秘密基地の縁に立ち、眼下に広がる景色を望む。小高い山の上からは、島の形がよくわかる。その向こうに広がる大海原。緩やかに湾曲した水平線の彼方には、何があるのか。

ビデオカメラを向けレンズを覗いても、真っ暗なだけでその国は映らない。

飛行機で行けば五時間。フェリーを使えば二日と一一時間三〇分。夢の国へ行くには、それだけの時間に加えて資金も要する。途方もない距離だ。それこそ『オズの魔法使い』のドロシーのように、ハリケーンにでも巻き上げられなければ、とても届かない場所。

「……お前ら、東京に行ったら何がしたい」

何が、と尋ねたのに、マルは「アキバ！」と場所を答えた。

「電子機器の最先端。けどあの街、売ってるのはパソコンだけじゃないんだよ。フィギュアとかゲームとか。パラダイスだよね。あとメイド喫茶ね。天国だよ。そうそう、知ってた？　東京ってさ、深夜もアニメやってるんだって」

「ぜってえ飽きないよな。お前は？　アキ坊」

「ここじゃなきゃどこでもいいよ。どこだって楽しいだろ。ここよりは」

投げやりに答えてアキ坊は、再び漫画雑誌を読み始める。

「ああ、ぜってえ楽しい。だってお前、東京だぜ？」

ヨナは言って、アキ坊の読む雑誌を取り上げた。ビキニ姿で胸を寄せるグラビアアイドルのページを開き、見せつける。

「人種が違うんだよ、この島の人間とは。こんなのがゴロゴロいるんだ」

「洒落《しゃれ》た街に大人の女か……。エロいな……」

「エロいさ。イチ兄ぃは言ってたぜ。あの街では、童貞を守ることの方が難しいってな」

「……強敵だな」

「強敵さ……」

邪《よこしま》な妄想にしばし浸ったあと、アキ坊が逆に質問する。

「お前は？　何でそんなに東京にこだわるんだ」

「俺は……」

ヨナはビデオカメラを持つ手を下ろした。島から出たい理由ならいくらでも挙げられる。退屈な日常を壊したい、だとか。ずっと島で生きていくことに意義を見出せない、だとか。しかし決定的だったのはやはり、兄の言葉だった。

「……イチ兄ぃが、もう帰らねえって、言うんだ」

「ははっ」とアキ坊が揶揄《やゆ》して笑う。

「何だよ、お前は寂しいだけか。まあ、兄ちゃんっ子だったもんな」

「うるせーな。寂しいとかじゃねえんだよ。俺、正月にイチ兄ぃが帰省したときに、イチ兄ぃが卒業して島に戻って来たらって話をしたんだ。普通に。それが当然だと思ってた。イチ兄ぃは、東京の専門学校に行ってるってだけで、卒業したら普通に島に帰って来て、普通に親父の船継いで、普通に結婚して――」

しかし兄の「普通」は違った。兄は困ったように笑って、「ごめんな」と言った。

「もう戻って来ないよ」と、そう言った。

ヨナは生まれた時からずっと、兄の背中を見て育った。だから彼が、どれだけこの島を好いていたのかを知っていた。雑木林で冒険したり、海で泳いだり。兄はいつだって新しい遊びを思いつき、ヨナや仲間たちを飽きさせなかった。

兄はそのまま父の後を継ぎ、漁師になるものと思っていた。

なのに高校卒業を間近に迎えたある日、突然父と怒鳴り合い、いとも簡単に島を捨てて、飛行機に乗って行ってしまった。

「東京ってさ、飽きねーんだって。こんな島よりも、何十倍も楽しいんだって。信じられるか？　毎日走り回って日に焼けてたイチ兄ぃが、すんげえ白くなっててさ」

親に反対されても、兄は諦めなかった。工場での季節労働で入学金を工面し、新聞配達をしながらの奨学金制度も利用して。毎日は過酷だが、それでも充実しているのだという。

兄は島で暮らす若者たちのことを、「井の中の蛙だ」と言った。世界を知り、その上で島での暮らしを選択するなら、それでいい。しかし世界を知らず、知ることを恐れて、数ある選択肢を捨てて島の暮らしに甘んじる若者たちを、蛙だと言ったのだ。

「蛙はさ、もしかしたら、塩辛い海じゃ生きられないかもしれないだろ？　井戸から飛び出たら死んじゃうばーよ。けどイチ兄ぃはさ、俺はそれでも外の世界が知りたいって。出た先で干からびて死んだとしても、後悔はしねえんだってさ」

――今日死んでもいいっていう毎日が、生きてるってことなんだよ。

兄の言葉は、まるで映画の中の台詞のように格好良かった。

「俺は例えば今、この瞬間、ここで死んだとしたら。すっげえ後悔する」

兄への憧れ。兄を魅了した、世界への憧れ。それに比べてこの島は、一生を過ごすには狭すぎる。それがヨナの、島が嫌いな三つ目の理由。

海からの潮風に、カーテンが大きくひるがえる。

「この海の先にはあるんだよ。探検よりも泳ぐことよりも楽しいことが！　だから俺は行きたい。干からびて死ぬかもしれんけど、イチ兄ぃみたいに後悔しない生き方をしたい。なんかそれってさ、超かっこ良くね？」

ヨナの笑顔につられて、アキ坊もマルも頬を緩める。

やかましいセミの声に張り合って、ヨナは歌った。

「さーむほぇーあ！　おーばざ、レインボウっ！」

ハリケーンに巻き上げられなくとも、自分たちは行ける。波多野の歌を聴いた瞬間から、確信していた。この退屈な毎日を吹き飛ばす、何かが始まると。興奮していた。鼻血を噴くほどに。

映画を撮影して、賞金を取って、島を抜け出すのだ。物語は始まった。カメラは回りだす。

さあ。波多野に歌を、歌ってもらわなければ。

× × ×

在籍する生徒の少ない中学校ではあったが、部活動は存在する。多人数である方が好ましい部活は、隣接する高等学校へと移動し、高校生の先輩たちに混じって活動するのだ。波多野の所属する吹奏楽部もまた、例外ではなかった。

ヨナたち三人は南山を下りて、中学校の隣にある高校へと足を運んだ。目的は波多野清子への映画出演依頼だ。

本日、グラウンドを使用しているのは野球部のようで、ユニホーム姿の彼らの掛け声に重ねて校内のあちこちから楽器の音色が聞こえてくる。

校舎の陰で大きな金管楽器を吹いていた部員から、波多野の居場所を教えてもらった。校舎内のとある教室に、フルートの奏者は集まって練習していた。

三人は教室の後方のドアを少し開けて、その様子を覗く。

波多野は練習するフルートの集団の中ではなく、一人で窓際に座っていた。そよぐカーテンのすぐそばで、姿勢正しく椅子に腰かけ、一人で旋律を奏でている。

「……あいつさ、いっつも一人だよな」

アキ坊がつぶやくと、同じくドアの後ろに隠れながら、マルも言う。

「給食の時も一人だよね、波多野さん。絶対に他の誰とも食べたがらない」

「好きなんだろ、一人がさ」

ヨナは波多野にビデオカメラを向ける。充電は、南山の展望台でしておいた。液晶画面に波多野の姿が映る。伏せた目元の長い睫毛。しゅっと鼻筋の通った整った顔立ち。夏風に吹かれて長い黒髪が揺れ、ちょこんと飛び出た耳の端が見え隠れする。

波多野には友だちがいない。それは部活動においても変わらないようだ。

みなきっと、彼女と話したくない訳ではない。話しかけ方がわからないのだ。

ヨナは初めて波多野に話しかけた一ヵ月前を思い返す。なんせ想い焦がれる東京からの転校生だ。向こうの街並み、向こうでの学校生活。聞きたいことは山ほどあったが、波多野の返事はやはり「別に」と味気なかった。

やがてヨナも他の生徒たちと同様、波多野と喋ることを諦めていた。

いまや彼女に進んで話しかける生徒はほとんどいない。しかし決して可哀想だと感じさせないのが、波多野のすごいところだ。ハブにされ、独りぼっちでいるのではなく。あえて他をはねつけ、孤独を誇っているような。

あの歌声だってそうだ。

波多野がどれだけ人を払おうと振る舞っても、あのような存在感を放たれてしまえば、みな気になって仕方がない。誰も波多野を無視できない。

ビデオカメラの液晶に映る波多野は、どうしたって主人公だった。その存在に気づいてもらおうとするかのように、モブキャラクターがフレームインしてくる。

波多野に話しかけたのは、吹奏楽部の女性二人組。高校の制服を着た先輩だ。

「波多野さんさあ、もっと近くに寄りなよ。うちら同じグループなんだし」

波多野はフルートから唇を離す。

しかし先輩を見上げることなく、視線を落としたまま答える。

「いえ、結構です。邪魔されるのは嫌なので」

すると二人の先輩は、顔を見合わせて笑った。

「ええひどーい。私たちの音が邪魔ってこと?」

「音以上に。演奏中に髪を触られたり、紙くずを投げられたりすれば気が散ります」

「何？　誰がそんなことしてるわけ?」

そう言う先輩はにやついているし、他のフルート奏者も笑っている。ここでの波多野はつまり、友だちがいないだけでなくやっかみを受けているのか。

「誰がいつ邪魔したって？　言ってみなさいよ」

「……」

波多野は先輩の質問に応えようともせず、フルートの練習を再開した。言い合う暇はないとでもいうふうに。相手にすらしようとしない。

「ねえ！　今話してるでしょ。こっち見なさいっ」

「……良く知らなかったけど、波多野、あいつすげえな」

ヨナは液晶画面から視線を外し、嘆息した。

あれほどまでに高校生にたてつける中学生が、この島にいるだろうか。

「波多野さんって、いじめられてるのかな……？」

マルが心配そうな声を上げたが、ヨナにはそう見えない。堂々と背筋を伸ばして演奏を続ける波多野。あれのどこがいじめられている姿に見えよう。むしろこっちを見てと声を荒らげる先輩の方が、気の毒に思える。

「何そのビデオカメラ。盗撮？」

突然、背後から声をかけられ、三人はびくりと肩を跳ねさせた。

振り返った先の廊下に立っていたのは、八重子だ。黒く日焼けした肌に、土で汚れたソフトボール部のユニホーム。クールビューティー波多野とは正反対な印象の八重子は、髪も肩につかないほど短く、笑うと八重歯が覗く。

「八重子かよ……。何でお前ここにいるば？」

「そりゃいるでしょ、ソフト部は中高合同なんだから。あんたたちが校舎に入ってくの見つけて追っかけてきたの」

八重子はヨナの天敵だった。八重子が絡むと、不思議と状況は悪い方へ転ぶ。

「部活サボってんじゃねえよ。あっち行けブス」

「ひどっ!?　あんたたちこそ、ここで何してるわけ？」

ヨナに摑《つか》みかかった八重子はそのままヘッドロックを決めながら、眉根を寄せてアキ坊を睨みつけた。

「アキ坊もさあ、こんな奴らとつるんでないでサッカーしなよ。アホになるよ？」

「面白いぞ、アホになるのも」

「へえ。で、今はどんなアホしてるわけ？」

「覗きに来たんだ。そいつが転校生に気があるみたいで」

「へえ！　あんた、波多野さんの歌聴いて鼻血出してたもんねえ」

「うるせえな、もう早くあっち行けよ、頼むから」

八重子はヨナを解放し、ドアの隙間から教室を覗く。

「お。今日は仲良くやってるみたいだね」

意味深なつぶやきに、アキ坊が尋ねた。

「あいつ、吹奏楽部でハブられてんの？」

「知らない。ヤエ吹奏楽部じゃないし。けど噂は聞くよー？　波多野さんってさ、三年になったら東京に戻るんだって。島にいるのは二年生の時だけ」

「え、そうなの？」とヨナが訊き返す。

「そうだよ。向こうでも吹奏楽部に所属しててさ。高校生になったら、東京の進学校に行くんだって。そのために『三年間部活動に励んだ』って実績が欲しいんだよ。だからここでも臨時に練習してるの。けどそんな仕方なく感が、嫌な感じに映るんじゃないの」

「ほーん……」

突然現れた波多野の存在が、先輩たちには気に食わないのだろうか。東京の学校の吹奏楽部に所属していた波多野なら、年下ながら演奏力も高そうだ。

「あと、男の先輩たちからすっごい人気なんだってさ。美人だもんね」

「……それっぽいな、いびりの原因」

「にしても、あんたが波多野さんをねえ……。超、高嶺《たかね》の花」

「いや、好きとかじゃないからね？　映画出演をさ」

「ヤエがキューピッドになってあげようか？」

「マジで！」

こいつにも使えるところがあったか――ヨナが喜んだのも束《つか》の間、八重子は次の瞬間、ドアを乱暴に開け放った。

大きな音に振り返った部員たちの視線を浴びながら、笑顔で手を振る八重子。

「波多野さーん！　ちょっといい？　こいつが告白したいんだってー！」

波多野を始め、教室にいる吹奏楽部のみながみな、怪訝《けげん》な表情を浮かべる。

「何してくれてんだこのブス……どこがキューピッドだ！　戦場に放り込んだだけやっし

「……！」

教室からの視線に耐えられず、ドアに隠れるヨナの手を、八重子が引っ張る。

「勢いだよ？　こういうのは」

「こっちにだって、タイミングってのがあってだなお前……」

八重子に背中を押し出され、ヨナは教室へとつんのめった。

すっと席を立った波多野が、ツタツタと無表情で歩み寄ってくる。

「あのっ……ええと」

波多野を前にして、ヨナは口ごもった。突然の対面で何も考えていなかった。

取りあえず、手に持っていたビデオカメラは後ろ手に隠してうつむく。

正面に立った波多野からの圧がすごい。

——え。怒ってんの、これ……？

公衆の面前での告白劇など、波多野は望んでいないだろう。男子からの人気が原因でいびられているのなら、尚更だ。

——いや、告白するわけじゃねえんだけど！

恐怖でとても顔が上げられなかった。波多野は今、どんな表情をしているのか。わからなかったが想像はできた。たぶん、無表情だ。そういえば。無表情以外の顔って歌っている時にしか見たことがないな、と。突然そのようなどうでもいいことを、漠然と思った。

ヨナはうつむいたまま、辛うじて声を振り絞る。

「その……。歌、よくて、あの、ドロシーみたいで……」

「見えませんか」

ヨナとは対照的に、波多野は毅然《きぜん》と声を滑らせる。

「今、練習中なんですけど。ずいぶんと自分勝手なものですね」

「……え？　いや……あの、誤解」

波多野はふん、とため息をつく。顔を上げたヨナの前で姿勢を崩し、腰に手を当てる。

氷雨のように冷たい視線が、ヨナの背筋を凍らせた。

「そんな人は嫌いです。お引き取りください」

「……あ、はい」

つつ、とヨナの鼻の下を生温かいものが伝った。指先で触れて初めてそれが、鼻血だと気づいた。あな恐ろしや波多野清子。その美少女は対面する者を、触れもせず出血させる力を持つ。

膝から崩れ落ちるヨナを、駆けて来たマルとアキ坊が支えた。

「おい、ヨナ。しっかりしろ！」

「……ああごめんダメだ俺……ちょっとくじけそうかも……」

垂れ流す鼻血もそのままに、ヨナは両脇を抱えられ退場した。

八重子には「ごめんごめん」と笑顔で謝られ、アキ坊やマルには慰められた。あのクールビューティー波多野が、映画に出てくれるとは思えない。ヨナも一度は諦めかけ、波多野以外の人物にオファーすることも考えたが、それでもやはりと思い直した。『宇嘉見島版オズの魔法使い』は、波多野の歌を聴いて生まれた企画なのだ。ドロシー役が波多野でないのなら、それはただのオズごっこではないか。

「諦めない限り、それは失敗じゃあ、ないっ――」

かつて兄の言っていた言葉をつぶやきながら。その日の放課後、ヨナは波多野の後をつけていた。そもそもまだ、きちんと話さえできていない。つまりはまだ、断られてはいないのだ。

× × ×

帰路につく波多野の数十メートル後方で、ヨナは一人ビデオカメラを構える。東京育ちの波多野であれば、映画が好きという可能性もまた無きにしも非《あら》ず。何にせよ、せめて依頼内容を伝えなければ始まらない。

県道333号線から脇道に逸れて、波多野は一人まっすぐ進んで行く。

木々や電信柱に身を隠しながら、ヨナもその後を追う。どう声をかけるべきか悩んでいた。波多野は一人で帰宅しているのだから、今こそ話すチャンスではあるが、先ほどのあの冷たい視線を思い返せば躊躇《ちゅうちょ》が生まれる。

　波多野は、フルートをしまったケースと鞄を手に、すたすたと機械的に歩いていく。神《かみ》守川《もりがわ》に架かる橋を渡り、東町の多くの人が住む集落を通り越して、どんどん歩を進めていく。もう二〇分ほども歩いている。一体どこに住んでいるのか。

　あの令嬢風の佇《たたず》まいから考えれば、如何にも瀟洒《しょうしゃ》な高層マンションにでも住んでいそうだが、当然そんなマンションなどこの島にはない。

　多くを語らず、友だちも持たない波多野のことを、ヨナは何も知らないのだった。

　日は傾き、柔らかなオレンジ色が波多野の全身を照らしていた。夕風になびく髪の輪郭が斜陽に透けて、その黒髪が黄金色に輝いている。

　その後ろ姿に、ヨナはビデオカメラを向けた。山や海のような風景と違って、波多野を撮るのは飽きなかった。

　ずっと一定のスピードで歩いていた波多野が、はたと足を止める。ヨナが生まれた時からそこにある、古い駄菓子屋の前である。入り口の上に掲げられた錆《さ》びついた看板には、『亀井《かめい》商店』と書かれている。店頭には、アイスクリームの入った冷凍庫や、じゃんけんのゲームマシーン、青いベンチなどが出ていた。

　ここは、東町と西町の丁度真ん中辺り。小学生の頃はよくこの駄菓子屋で、西町の児童と相見《まみ》えては東と西に分かれ、ケンカなどしたものだった。

波多野はキョロキョロと辺りを見回した後、一人で駄菓子屋の戸を開ける。

「買い食いか……?」

あのクールビューティー波多野も、買い食いをするらしい。

この島の子どもたちなら誰もがするようなことも、波多野がすると少し面白い。良く知らなかった一面が見えて「へえ。あいつがねえ」と妙に感動してしまう。

亀井商店で駄菓子を買えば、普通は店先のベンチに腰を下ろす。多くの子どもたちと同じように、波多野もそこでお菓子を広げるはずだ。

声をかけるならそのタイミングしかないだろう。ヨナは電信柱の陰に身を隠し、波多野が出てくるのを待った。つけてきたと思われるのは印象が悪いから、偶然を装って話しかけよう。先ほどの誤解を解き、改めて映画の出演依頼をするのだ。

波多野を待つ間は、心臓がバクバクと高鳴っていた。別に告白しようというわけでもないのに、あのクールビューティーを前にすると考えると、緊張してしまう。恐らくまだ、怖いのだ。

今か今かと身構えていたヨナだったが、店から出てきた波多野は、ビニール袋を手に駄菓子屋の裏へと回った。

「……あれ?」

波多野はベンチに座らなかった。しかし駄菓子屋の裏にあるのは、サトウキビ畑だけだ。波多野を追って、ヨナもまた電信柱の陰から出る。

波多野は、サトウキビ畑に挟まれた畦道《あぜみち》を小走りで進んでいった。

その後ろ姿を追いかけ畑を抜けた先。波多野が上っていったのは、山の斜面に沿って設けられた石段だった。重ねられた石と石の隙間から、雑草の生い茂る古い階段。

手入れなどされてはいないのか、石段の両サイドから伸びる木々が見上げるほどに生い茂り、まるでトンネルのように石段を覆っている。

「何だ、ここ……？」

ヨナの知らない道だった。生まれてからずっと近くに住んでいたはずなのに、ヨナはその石段の存在を初めて知った。亀井商店の裏に、このようなトンネルがあったなんて。

波多野を追いかけ、一段目に足を踏み出したその時、夕焼け空に聞き慣れたメロディが流れる。

『てぃんさぐぬ花』とともに聞こえてきたのは、定例の町内放送だ。

――六時になりました。よい子の皆さんは、急いでおうちに帰りましょう。

見上げれば、茜《あかね》色の空の反対側はもう、群青色に変わり始めている。白っぽい半月が、ぽつねんと空に浮かんでいた。夜が近づいている。

「……くそ。いいとこなのに」

太陽が沈み、夜が訪れれば、黒豚ウヮーガナシーが現れる。信じていないヨナにとってそれは取るに足らない伝承に過ぎないが、怖いのは母親の怒鳴り声である。

島の子どもたちは通常、この放送で一目散に家に帰る。町内放送の力は絶大で、たとえかくれんぼの途中であったとしても、鬼はそのまま帰ってしまう。隠れている子どももまた勝手に帰ってしまうため、探し続ける方が叱られるのだ。

もう帰らなくてはならないが、波多野は石段を上って行ったっきり。いくら待っても戻っては来なかった。

この島では、日が沈む少し前にもう一度だけ、放送が流れる。それは最後の警告で、二度目の放送後になっても帰らなければ、ゲンコツや晩飯抜き以上の、もっとひどい仕打ちが待っているかもしれない。ヨナは踵を返そうとしたが、どうしても波多野のことが気になった。

東京育ちの波多野は、夜出歩いても親に怒られないのだろうか……？　それにしても、日が落ちた後に町を歩けば、すれ違う大人たちに説教されてしまうはずだ。

「さてはあいつ、町の決まりを知らないのか……？」

波多野が転入してきて、一カ月ほど。決まり事自体は知っているかもしれないが、軽んじて考えているのかもしれない。この島の大人たちは、他人の子にだって容赦なくゲンコツを降らせるというのに。

「波多野っ！」

ヨナは石段の一段目から、段上に向かって声を上げた。すでに波多野の姿はなく、ヨナの声は風に揺れる木々のざわめきに掻き消える。

仕方なく、ヨナも石段を上っていく。

長く、長く続く石段だった。

「おーいっ、波多野っ」

木々の梢に覆われたトンネルは、思った以上に暗かった。木漏れ日が照らす足元を一歩一歩確かめながら、ヨナは石段を踏み外さないよう、気をつけて上っていく。

手の平サイズほどもあろう巨大な蜘蛛《くも》が、枝の間に巣を作り、じっと息を潜めていた。

頭上を飛ぶ羽虫の群れ。空に反響するカラスの声。おどろおどろしい雰囲気に、顔をしかめる。

夜の気配がする。

「……波多野ー。おーい……。戻って来いよー」

段上を見上げれば、やっと石段の終わりが確認できた。夕焼け色に輝く、トンネルの出口が見える。逆光の中に、鳥居が立っていた。この石段は、神社へと続く参道だったのか。

ヨナは残りの石段を一気に駆け上がった。

思った通り、トンネルを出ると、神社の境内が広がっている。敷かれた石畳は割れて散らばり、お堂の屋根は瓦が剝げていた。柱や賽銭箱は見るからに朽《く》ちている。ずいぶんと古い神社ではあったが、暗いトンネルを進んで来たせいか、夕日を浴びて佇む神社は橙色に輝いて神々しく、ヨナのそぞろな気持ちを落ち着かせた。

賽銭箱の手前の石段に、波多野は腰掛けていた。そばに置いたビニール袋の中から、黒く平べったい形をしたタンナファクルーを取り出す。黒糖と小麦粉で作られた、沖縄名産の甘いお菓子である。

波多野は石段の下に足を投げだして、大口開けてお菓子をかじる。もぐもぐと頰を膨らませ、飲み込んだあと。幸せを嚙み締めるように、笑った。

「……笑った……？」

ヨナは迫る夜の気配も忘れ、鳥居の陰から波多野の姿を見つめた。

彼女の笑顔を、初めて見た。教室では誰も寄せつけないクールビューティーが今、タンナファクルーをかじるたびに目を細め、嬉しそうに笑顔を浮かべる。片頰に手を添え、「ほわあ」と感嘆の声が聞こえてきそうなほど表情豊かに。

あの愛くるしい少女はいったい誰だ。

あれが本当の波多野の姿なのか。

「……マジで……ジュディ・ガーランド以上だ」

その笑顔は、最高に魅力的だった。間違いなく多くのファンを獲得できるだろうし、彼女を主役に撮れば、どんな駄作だろうと価値が生まれる。そんな確信を持った。

ヨナは息をするのも忘れ、波多野を見つめる。無意識にビデオカメラを構えていた。あの笑顔を保存しておきたいと、鳥居の柱の陰からそっと、カメラのレンズを覗かせていた。

その時。二度目の『てぃんさぐぬ花』が、群青混じりの空に響き渡る。

――六時半になりました。間もなく日が沈みます。まだ外で遊んでいる子どもたちは、急いでおうちに帰りましょう。

「あ……やべ」

ヨナは町内放送に気を取られ、不用意に動いた。

その気配に気づき、波多野が咄嗟《とっさ》に立ち上がる。タンナファクルーを持つ手でなぜか鼻を隠し、もう一方の手で耳を押さえていた。

「誰……!?」

愛くるしかった表情は一変し、警戒心を露わにして鳥居を睨みつける。

ヨナは観念して、姿を現した。

「いや……。波多野、あの……これは」

ヨナの姿を見つけ、波多野は鼻を隠したまま、目を細めた。

「あなたはっ、さっきの……!」

波多野が声を上げた次の瞬間、境内に一陣の風が吹いた。

「きゃ」

突風はゴォとまるで生き物のように唸り声を上げる。木々の梢を大きく揺らし、砂塵《さじん》を巻き上げ、そして波多野のプリーツスカートをめくり上げた。

「……っ！」

鼻と耳を隠していた波多野は、スカートを押さえるのが遅れた。

慌ててスカートを押さえたのは、風がやんだあと。辺りが静けさを取り戻してからも、波多野はスカートをきつく押さえたまま。内股で前屈みとなり、その目はきつくヨナを睨みつけている。

突風に目を閉じていたヨナだったが、ビデオカメラは手に構えたままだった。録画中を示すＲＥＣマークを、液晶画面に表示させたまま——。

「……何の、つもり……？」

波多野の怒気を帯びた声を聞き、ヨナは慌ててビデオカメラを後ろ手に隠す。

このテープにスカートの中が写っているかは定かでないが、レンズを向けていたヨナを、波多野が不審に思っていることは確かだ。

ヨナは慌てて手を前に突き出し、弁明する。

「ま、待って。別に、撮ってたわけじゃ……」

「……じゃそのビデオは何ですか……？」

「いや……。何だろね」

君の笑顔があまりに素敵だったから、などと言える雰囲気ではない。

「……ひどい……」

波多野は一歩、足を踏み出した。二歩、三歩とゆっくり近づいてくる波多野だったが、やがてその足運びは速くなり、いよいよ走り出す。

「うわっ、ちょっと待って。話せばわかると、――思うんだけど……!」

弁解すればわかってくれる。そう思っていたヨナだったが、鬼の形相で睨みつけてくる波多野のあまりの迫力に、踵を返して石段を駆け下りる。

本能が逃げろと、警鐘を鳴らした。

「どうして逃げるんですか? やましいから逃げるんじゃないんですか? 待ちなさいっ! 待て。待てってば! 待てえっ!」

「誰だ、誰だあいつ、怪物《マジムン》かよ、怖えっ……!」

波多野は再三、印象を変える。今、追いかけてくるのは、教室で見るクールビューティー波多野ではなく、お菓子を頬張る愛くるしい波多野でもなく、烈火の如く怒りだした恐ろしいマジムン波多野。

背後から追いかけてくる足音が、木々のトンネル内に響き渡る。

ダン、ダン、ダン、ダンッ――!その足音は重く、スレンダーな波多野のものとは思えない。この凶暴な怒気を放つ少女は、本当にあの波多野なのか。

ヨナは石段を駆け下りながら、チラと後方を振り返る。

「待てえっ！」

「や……たんま、たんまっ！」

波多野は頬を真っ赤に上気させ、広げた五指でヨナの両肩を鷲摑みにする。

「あでででッ……！」

爪が肩に食い込む激痛。ヨナは体を捻《ひね》って、その腕を振り払った。

しかしその拍子に、足を踏み外して石段を転げ落ちる。石段の終わりが近かったのが幸いだった。錐《きり》もみ状に転がり落ちたヨナは、石段の先の石畳の上で、その回転を止めた。

仰向けに倒れたヨナの頭の横に、波多野のローファーが踏み下ろされる。

激しい破砕音を上げ、ヨナの耳のそばで、踏みつけられた石畳が割れた。

「ええぇ……!?」

「ふぅ……ふぅ……」

砂塵の舞い上がる中、ヨナの体に跨がった波多野が顔を覗き込んでくる。

「……撮ってたんでしょ……さっき」

ヨナは固く目を閉じて、顔をぶんぶんと横に振る。

波多野はヨナの胸ぐらを摑み、その上半身を引き起こした。

「そのビデオカメラ、渡しなさい。確認するから」

波多野が手を伸ばしてきたので、ヨナは反射的にビデオカメラを胸に抱いた。

「いや、これは。勘弁して……」

「は？ 何？ 抵抗するの？ 盗撮魔のくせに」

「や、だって……壊すんでしょ？ 怖い……」

「怖いって何よ！ 私は怖くなんかないわっ！」

「ああっ、殺される！ 殺されるっ！」

胸ぐらをぐいと引き寄せられ、ヨナはさらにきつく目を閉じる。

波多野の吐息が鼻先に触れた。

「失礼ね……！ 殺すわけないでしょ。私はただ、そのビデオカメラを――」

すると波多野の声を遮って、「清子っ！」と声が上がった。

サトウキビ畑の畦道から姿を現したのは、四十代ほどの女性。

「あなたっ！ 何てことを！」

肩の上で切り揃えられたボブカットに、白のゆったりとしたサマーセーター。背の高いその人は、服装も見た目の雰囲気も、島の大人たちとは違っていた。

だからこそ、ヨナにはすぐにわかった。

あの人は、波多野の母親だ。

「ママっ」

波多野は瞬時に怒気を鎮め、ヨナを突き放す。

波多野の母親が駆けてくる。その顔色は真っ青だ。

「何があったの。あなた……まさか……？」

「大丈夫、バレてないわ、ママ。ただこの人が、私が食べてるとこ撮ろうとするから」

急にしおらしくなった波多野は、おずおずとヨナを指差す。

「食べる……？　何か食べたの？」

「だって……だって。今日は部活で嫌なことがあったから……ちょっとだけよ。あの姿を見られたわけじゃない……」

母親は腰に手を当て、大きな深いため息をつく。

「人前では食べないって約束したでしょ？　もう転校はできないのよ」

「わかってるわ！　だから隠れて食べてたんじゃない」

「わかってないの！　食べるならお家で食べなさいって言ってるでしょ！　傷つくのはあなたなのよ。自覚して。あなたは普通の子とは違うんだから――」

突然始まった二人の言い合いに、ヨナは戸惑う。この母親は何を怒っているのか。波多野の買い食いが、それほどいけないことだったのか――。

ヨナを一瞥した母親は言葉を飲み込み、語気を弱めた。

「……とにかく、心配させないで頂戴」

波多野にはそう言い捨てて、ヨナへ体を向ける。

「あなたは？　近所の子？」

母親の強い口調に、何かを咎《とが》められているようで、ヨナは萎縮《いしゅく》した。

「いえ、波多野……さんと、クラスが同じで……」

「怪我はないの？」

「あー……いや、怪我とかは……全然……」

石段を転がり落ちたせいで、ヨナの制服は汚れていた。しかしだからと言って、波多野に襲われていたのだと告げ口する気は起きなかった。横目に見る波多野は、しょんぼりとうつむいている。クールビューティーでも、怒り狂った鬼の姿でもない、また新たな一面だ。

ヨナの「大丈夫です」という言葉を聞いて、母親は再びため息をついた。

「怪我してるかもしれないから。一度病院に行きましょう」

「え！　いやホント全然、大丈夫ですから」

ヨナの作り笑顔に、母親は「それじゃ」と財布から名刺を取り出した。見たことも聞いたこともない会社名が書かれている。

「ケータイの番号が書かれてるから。どこか痛むようだったら、連絡して頂戴」

「……あ、はい」

「帰るわよ」

波多野の返事を待たずに、立ち去ろうとする母親。

「待ってママ」と波多野は顔を上げる。

「鞄が、上に……フルートも……」

「取って来なさい。早く」

母親の声に追い立てられ、波多野は石段のトンネルを駆け上がっていった。

「……」

サトウキビ畑の脇に二人きり。ヨナは波多野の母親と取り残される。

気まずい雰囲気の中「あ、じゃ、俺は……」とだけつぶやいて、波多野とは反対方向へ
――亀井商店の方へと逃げるように走った。


――あなたは普通の子とは違うんだから。

母親が波多野に言い放った、その一言が頭に残っていた。母親とは怖いものだ。波多野を叱りつける口調は、ヨナの母親のように激しくはなかったが、その一言一言が、波多野の胸を裂いていたように思う。

「……自覚。あの姿……？」

二人の会話の中にあった、覚えている限りの単語をつぶやいてみても、結局何の話をしていたのかはわからない。

「米輔！　あんた、お風呂入っちゃいなさい！」

自室の襖が唐突に開けられ、母親が顔を出す。この部屋に鍵という概念はない。ヨナは勉強机から足を下ろし、「はーい」と気のない返事をする。

あの後全力で家に駆け戻ったが、帰宅時間の遅くなってしまったヨナは母親にこっぴどく叱られ、ゲンコツを食らった。激しく、やかましく、暴力的なのがヨナの母親だ。しかしなぜか、より怖いのは波多野の母親の方だと感じる。東京の人だからだろうか。

ヨナは引き出しからビデオカメラを取り出した。家に帰ってから確認したところ、幸いにもビデオカメラは壊れていなかった。再生されるのは、タンナファクルーを頬張る、愛くるしい笑顔の波多野。

映像の中の波多野は――一人でいる波多野は、こんなにも生き生きとしているのに。どうして教室では、人を寄せつけようとしないのか。そこまで島の人間たちが――自分たちのことが嫌いなのか。自分たちと東京の人間にはやはり越えられない隔たりがあって、その壁が、波多野の笑顔を奪っているのだろうか。

だとすれば、そんな壁、壊してやりたいと思う。

「好きすぎだろ……タンナファクルー」

映像の中の波多野の笑顔につられ、ヨナもまた、頬が緩む。嫌われているのなら、その理由が知りたい。もっと波多野を知りたい。自分たちのことを、知ってほしい。

立ち上がった波多野が、突風に吹かれる。スカートがめくれ、白の下着が露わになる。

「……まずはこれを消さねえと、だよなあ……」

仲良くなるには、謝罪からだ。スカートを押さえる波多野――と、ヨナは眉根を寄せた。

映像をキュルキュルと巻き戻す。

「……何だこれ」

一時停止し、つぶやいた。強い風に顔をしかめる波多野。スカートを押さえる一瞬前。

映像を見て悪寒が走り、ヨナはビデオカメラを机上に置いた。

スカートのめくれた波多野の背後に、黒い影が滲《にじ》んでいる。

影から突き出た無数の腕が、波多野の背中へと伸びていた。

×　×　×

「いやあ、やるじゃん、ヨナ。見直したぜ」

翌日、学校の教室にて。時間割の一時限目が、郷土学習の時間だった。毎週この時間は宇嘉見島に関する文献を読んだり、教室に招いた島の住民から、さまざまな話を聞いたりする。自分たちの生まれ育った島について学ぶ時間だ。

今日のように、黒板のそばにあるテレビでビデオを見るだけの授業というのも、珍しくはなかった。ビデオは宇嘉見島の風土や歴史に関してのものだったが、生徒たちはまったく興味を示さない。「終わったら感想文を書かせるからなー」と言って先生が教室を離れると、すぐにそれぞれが思い思いの行動を取り始める。

教室から抜け出す者こそいないものの、その騒々しさは休み時間と変わらない。教室から出ればは見つかるのであればと、ドッジボールを投げて遊ぶ場所は教室の後ろの方である。

飛んできたボールをアキ坊がキャッチし、投げ返して怒鳴った。

「ええ、死なすよっ。こっちに飛ばすな、向こうでやれ」

ヨナの机の上に座るアキ坊は、改めてヨナから渡されたプリントに視線を落とした。

「やっぱ白かあ。まあ理想通りだよな」

「違えよ、黒だよ、黒。パンツの話してんじゃねえんだって」

ヨナは椅子に深く座り、ポケットに手を突っ込んだままムスッとして答えた。

パンツを盗撮したと思われるのは心外だ。学校のパソコン室を使って、マルにわざわざプリントアウトしてもらったのも、決して波多野の下着を一枚画にしたかったからではない。

「波多野の背中、黒い影の塊があるだろ？　そっからたくさん手が伸びてるの、見えるか?」

「手ぇ?　……どこ?」

そばに立つマルが、アキ坊に別のプリントを渡した。その顔は青ざめている。

「拡大したやつ、あるよ……」

「お、サンキュ」と言ってプリントを受け取ってすぐに、アキ坊は声のトーンを変える。

「おい……やべえぞ。お前これ、心霊写真じゃねえか」

「だからそう言ってるだろ」

影を拡大するとぼんやりしてしまうものの、腕の先には確かに、五本の指の形が見て取れる。大きく五指を広げた手が、数えきれるだけで七本。波多野の背中に向かって伸びていた。

ヨナは、アキ坊を机の上から押し出した。

「貸してみ、その写真」

プリントを机上に広げ、赤のマジックペンで影の曖昧《あいまい》な輪郭をなぞっていく。すると黒い塊は、人影が重なってできているのだとわかる。恐らく、四人はいる。

それぞれの影の顔部分には、白い四角の空間があった。

「たぶんこれ、白い布じゃねえかなあ?　布が顔の前に垂れてんの」

「黒子みたいな……?　これ……二度目の放送の後に撮ったんだよな」

アキ坊は声を潜め、囁《ささや》くように確認した。

教室に流れるビデオでは丁度、この島の言い伝えを紹介しているところだった。

『――黒豚ウヮーガナシーは、人間たちの悲しみや苦しみ、よどんでしまった感情を食べてくれる有り難い神様とされています。ただしこの神様はひどく寂しがり屋で、夜な夜な宇嘉見島を徘徊しては、子どもたちをさらってしまうのだそうです――』

テレビ画面には、二本足で歩く豚の絵が映し出されている。その毛並みは黒く、豚なのに牙を剝く顔面はおどろおどろしい。

「……もしかして、ウヮーガナシーなのか？」

テレビ画面を見つめながら、アキ坊がつぶやいた。

同じくテレビを見ながら、ヨナが答える。

「わからん……」

シーンが移り変わり、紫色の着物を着た島の老婆が、マイクを向けられている。方言混じりで、インタビュアーを叱りつけていた。

――黒豚の話を面白半分で聞かないよ。いつか本当に悪いことが起きるからね。

ビデオが制作されたのは、恐らくだいぶ昔なのだ。いまやこの島に、ビデオに映るインタビュアーのように、「恐ろしいですねえ」と大袈裟に驚いてみせ、ウヮーガナシーの伝承を盛り上げようとする大人はいない。

七年前。実際に西町で子どもが神隠しに遭ってから、この伝承はより恐ろしいものとなった。

日が落ちた後、黒豚ウヮーガナシーにさらわれたその子どもは雑木林で発見されたが、気がふれてしまい喋ることもできず、消えていた二日の間、何をしていたのかも説明できなかったのだという。

神隠しは本当にウヮーガナシーの仕業《しわざ》だったのか。ヨナはその話をどこか遠くの怪談くらいにしか思っていなかったが、こうして波多野をさらおうとする何者かが撮れてしまった以上、あながちただの伝承だと軽んじることもできない。

アキ坊は、改めてプリントを凝視する。

「……この影、波多野に手を伸ばしてんだよな？　さらおうとしてか？」

「……さあ」

「さあって、これ撮ったのお前なんだろ？　見てなかったのかよ」

「見てたけどさ。影に気づいたのは、帰った後だったし」

「ははん。お前、パンツしか見てなかったな」

「風が吹いて目つぶってたんだって。もうパンツどころじゃねえんだよ」

言い合う二人の間を割って「おっすおっす」と顔を出したのは、暇を持て余した八重子だ。

「何見てんのー？　三人してこそこそしてさー」

ヨナとアキ坊は、咄嗟にプリントを隠した。秘密にしようと打ち合わせしていたわけではないが、必要以上に知らしめるものでもない。特にこの八重子が絡むと、事態はだいたい良くない方向に転ぶ。

「あれ？　今、何隠したの。ヤエにも見せてよ」

「うっせえなあ。何でもねえよ。あっち行けブス」

「ブスとか言うな！　やましいものでしょ。じゃないんなら見せてっ」

八重子は身を乗り出して、腕を伸ばした。ヨナはプリントを見られまいと、身を捻ってその手をかわす。が、八重子は隙を見てヨナではなく、アキ坊の手からプリントをかすめ取る。

風にスカートのめくれた波多野の下着写真。A4用紙いっぱいに印刷されたその画像に、八重子は表情を引き攣《つ》らせる。

「ぎゃ……！　何これ、スケベっ！」

「お前なあっ、見るなよっ」

プリントを取り返そうとヨナは手を伸ばす。しかし帰宅部のヨナが、ソフトボール部でも高校生からレギュラーをもぎ取る八重子の運動神経に勝てるはずはなかった。逆に自身の持つプリントをも奪われてしまう。

スカートのめくれた波多野の下着写真、第二弾だ。黒い影をより拡大したプリント。影は波多野の後ろに発生していたので、当然、波多野の下着も紙面いっぱいに拡大されている。

「いやあっ！　拡大してるぅ！　変態っ！」

悲鳴を上げた八重子に、アキ坊がしれっと言い逃れした。

「こいつが昨日、盗撮したんだ」

指差した先は、当然ヨナである。

「すぐ裏切るよな、お前は！」

ヨナは八重子からプリントを奪い返そうと飛び掛かる。その手をひらりとかわして、八重子は逃げ出した。

「触らないでっ、変態っ！」

「触んねえよお前なんか！　写真返せ！」

机の間を縫って走る八重子を、ヨナが追う。スケベ、キモ輔、盗撮魔と罵《ののし》る八重子の大音声に、クラスのみなが何事かと振り返った。

ヨナは教室後方の連中からドッジボールを拝借し、逃げる八重子に投げつけた。

「黙れ、このブスっ！」

「んぎゃ」

ばいん、とボールを後頭部に受けた八重子は、派手に転倒した。

その手からプリントが離れ、ひらりと宙を舞う。

しん、と静まり返った教室で、ひらひらプリントが落ちた先は唯一きちんと机に座り、黙々とビデオを視聴していた波多野の机上。

「……やべ」

下着がでかでかと印刷された写真を見下ろし、波多野が全身を硬直させた。

これ以上は嫌われまいと。仲良くなろうと。そう決意した翌日なのに、またも道のりが遠くなる。ヨナは波多野の席に走り、さっとプリントを回収した。

「いや、波多野、あのさ！」

言い訳を探すも時すでに遅し。プリントを見た波多野は僅かに表情を歪ませ、桜色の唇をワナワナと震わせている。

ヨナは波多野が、またも怒り狂うのかと思った。怒鳴られるのかと覚悟した。しかしこちらを睨みつけたその瞳が僅かに潤んでいて、ヨナは戸惑う。

「え……？」

しかしそれもほんの一瞬のこと。波多野は再びテレビ画面へと視線を滑らせ、何事もなかったかのように視聴を続けた。

波多野が何も言わなかったので、ヨナは謝るタイミングを失った。ただ、せめてもの意思表示にと、白い下着の印刷されたプリントを、力いっぱい握り潰してみせた。

×　×　×

クールビューティー波多野は、仮初《かりそ》めの姿なのだ。本当の波多野は、タンナファクルーを美味しそうに頬張る愛くるしい子なのだ。下着を見られれば感情を剝き出しにして怒るし、母親に叱られればしょんぼりとうつむく。そんな、感情豊かな女の子。

ヨナがどれだけそう力説しても、マルもアキ坊も、その言葉を信じようとはしなかった。「ホントだ」とマルがわかってくれたのは、ビデオカメラに映る波多野の表情を見てからである。

南山の秘密基地へ向かう道すがら、ヨナは二人に訴え続ける。

「あいつはずっと、クールビューティーを演じてただけなんだ。まさに女優だろ。ヒロインに相応《ふさわ》しい逸材だよ」

歩きながらヨナは二人に向き直り、身振り手振りを交えて説明する。

「まだ言ってんの、それ」

アキ坊が、給食当番の割烹着を入れた巾着《きんちゃく》を蹴りながら答える。

「演じてたっつうか、ただ単純に、学校の連中が嫌いなんだろ」

「まあ、それは否めないけどな。いや、だとしたら仲良くなろうぜ！　きっと誤解があるんだ。イチ兄ぃだって昔言ってた。同じものを熱く語れるんなら、それはもう友だちなんだよってな。お前だって好きだろ？　タンナファクルー」

「別に嫌いじゃねえけどさ。タンナファクルーで熱くは語れねえよ」

「熱くなろうぜもっと、お前は！」

ヨナがイラ立ち混じりに叫ぶと、アキ坊のそばを歩くマルが苦笑する。

「つまりヨナは、波多野さんの笑顔をもっかい見たいんだよね」

ストレートに言われてしまうと、言葉に詰まってしまう。ヨナは前へ向き直った。

「……つうか！　あの笑顔さえあれば、いい映画が撮れる。優勝間違いなしなんだ。だから俺たちが東京へ行くには、まずは波多野と仲良くなることが先決。そうだろ」

波の音が聞こえる海沿いの県道３３３号線を、三人はだらだらと歩いていた。空は青く、日もまだ沈む様子はない。部活動をしていない三人にとって、放課後は長い。夜が訪れるまで、時間はたっぷりとあった。

神守川に架かる橋を渡り、南山へと向かって歩く。東町の集落から離れ、丘を上っていくにつれ、人の気配はなくなっていく。代わりに聞こえてくるのは、自然の息吹である。神守川と合流する小川のせせらぎ、風に揺れる木々のざわめき。虫の声。

頭上では羽を広げたサシバが鳴き、大空を悠々と飛んでいる。山は案外やかましい。

丘の石段の天辺で振り返ると、眼下に海が見渡せた。

「考えようぜ、どうやったら波多野と仲良くなれるか」

二人に提案するヨナだったが、マルとアキ坊は、ヨナの両脇をすり抜けていく。

「そんなことより」とアキ坊は言った。「あの黒い影はどうすんだ」

マルが応える。

「それなんだけどさ、亀井のオバーに相談したらどうかな。あのお婆ちゃんなら、お祓《はら》いとかしてくれそうじゃない？」

「あれホントにユタなのかも怪しいけどなあ」

二人の興味は、波多野というよりも、波多野と一緒に写っていた影の方にあるようだ。

確かにその問題も大事だが、ヨナは波多野の話がしたかった。

「影のことは、俺らがどうこう言ったって、もうわかんねえじゃん。それよりさ、波多野の話しようぜ、波多野の！」

「波多野、波多野って、お前はそればっか――」

振り返ったアキ坊は、言葉を切った。

マルもまた、ヨナの背後を見て目を丸くする。

「……波多野」

アキ坊がつぶやき、ヨナはハッと後ろを振り向いた。

目の前に、鞄とフルートのケースを持つ波多野が立っていた。

「は、波多野……」

三人をつけて来たのか。眉をひそめた波多野は、所在なく下を向いていた。いつものように足をそろえて凛《りん》と立つのではなく、空いた手で、プリーツスカートの裾を握りしめている。

それだけでも今の波多野が、クールビューティーモードではないとわかる。その印象は、タンナファクルーを食べている時のものと近い。ヨナが最も会いたかった素の波多野だ。ただし笑顔ではなかった。背を丸め、視線を泳がし、唇をキュッと結んでいる。

「……写真を、渡してください」

「……え？」

ヨナが訊き返すと、波多野は手の平を上に向けて前に出し、声を荒らげた。

「だからっ。写真を、渡してくださいっ……！」

アキ坊とマルは顔を見合わせた。

クールビューティーではない波多野と実際に対面するのは、二人はこれが初めてなのだ。眉根を寄せ、唇を結ぶ、今にも泣き出しそうな美少女。

マルはその様子を見ていられず、ヨナの背に声をかける。

「渡してあげようよ、ヨナ」

「……ああ」

ヨナは鞄からプリントを取り出した。波多野の下着が紙面いっぱいに印刷されたA4用紙。折りたたまれたそれを、波多野はひったくるように奪い取る。広げたプリントをしばらく見つめた後、くしゃくしゃにプリントを握り潰した。

「……話は、以上です。では……」

踵を返し、トボトボと階段を下り始める波多野。

その背を見つめていたヨナに、邪な考えが過《よ》ぎった。これは絶好の機会なのかもしれない。波多野と仲良くなる——いや、その目的を飛び越えて、映画に出てもらうチャンスだ。

「ちょっと待て、波多野っ」

振り返った波多野に「実はまだある」と告げ、マルの持つ鞄から、数枚のプリントを取り出した。コマ別にプリントされた波多野の下着姿は、まだ何枚もあった。

「ほら、こんなに」

「何でよっ！」

くわっと目を見開いた波多野は、ヨナに摑み掛かるように階段を上がり、プリントの束を奪い取った。力任せに千切っては破り、何度も何度も踏みつけて、「ふぅ、ふぅ」と鼻息を荒くする。

ヨナはにやりと口の端をつり上げた。

「無駄だな。いくらそれを破ったところで、無駄なんだよ波多野。だってそれ、ビデオの映像をプリントアウトしたものだからな。元となるDVテープを破壊しない限り、お前のパンツは何度だって蘇る」

「そんなっ……！」

愕然とする波多野。その顔を階段の上から見下ろし、ヨナは高らかに笑った。

「なあに、俺たちも鬼じゃない。お前がどうしてもって言うなら、テープを渡してやってもいい。だけど一つだけ、俺たちの言うことをきいてもらおうか」

仁王立ちするヨナの後ろで、アキ坊はため息をつき、マルは項垂《うなだ》れた。

「パンチラ写真で脅迫とは。さすがにひでえな……」

「〝俺たち〟って言わないで欲しいよねえ。仲良くなりたかったんじゃないの？」

振り返ったヨナは二人の間を割り、声を潜める。

「バカだな……！　映画に出演させるチャンスやっし。二度とないよ？　あいつの弱みを握れるなんてこと。このパンツを利用しない手はないだろ……！」

ヨナは再び波多野に向き直り、胸を張った。

「いいか波多野。俺たちの願いってのは、お前をヒロインにして映画を……だな――」

告げながらヨナは、波多野の異変に気づいた。

うつむいた波多野の握り拳が、わなわなと震えている。

「最低……」

嫌な予感がした。

昨日、石段で追いかけてきた波多野の姿を思いだし、ヨナの背筋に冷たいものが走る。

「……えと。波多野……？　いや、別に難しいことじゃなくてさ？」

「ひどい……。あんたって奴はホント、どこまでも、ひどいわっ……！」

顔を上げた波多野の顔は、怒りに満ちていた。頬を上気させ、憎しみたっぷりにヨナを睨みつける。

「やべえっ！　怪物《マジムン》バージョンだ！」

ヨナは瞬時に踵を返し、マルとアキ坊の間を割って丘を駆け上がった。

「誰が、マジムンよ！　待てえっ！」

波多野もまたマルとアキ坊の間を通り過ぎ、ヨナの背中を追いかける。

「いいのか波多野っ、パンツがどうなっても……！」

「捕まえて奪えば問題ないんでしょ⁉」

ガジュマルの木の上の秘密基地に向かって、ヨナは走った。縄梯子を掴み、全身全霊の力を込めて登っていく。背中にひしひしと感じる殺気が、ヨナの足を震えさせる。

「壊してやるわ、そんなビデオっ。逃げるな！　下りて来いっ」

「ビデオ壊しても無駄だかんな！　テープは抜いてあるんだ」

「ひどいっ……！　何てひどい人なのっ！」

ヨナの摑む縄梯子が、急にピンと張った。見下ろせば、波多野がヨナを追って登ってきている。一段、一段と着実に、波多野はヨナに近づいてくる。

「そこで待ってなさいっ！　踏み潰してやるんだからっ！　せんべえみたいに薄っぺらくして、食ってやるんだからっ！」

「何言ってんの、あいつ……。怖えぇっ……！」

ヨナは縄梯子を一気に登り切る。

ガジュマルの木の根元からは、マルとアキ坊が二人の様子を見上げていた。

「あの波多野さんが木登りするなんて……」

「な。こっから見えるけどな。パンツ」

その時、波多野の摑む縄梯子がブチブチと切れ始めた。少年三人が同時に登っても切れなかった梯子が、波多野一人の重さに耐えられず、千切れる。

「あっ！」

縄を強く握りしめたまま、波多野は背中から落下する。

飛び出したのはアキ坊である。

「危ねえっ！」

落ちてくる波多野を受け止めようと、アキ坊は腕を伸ばした。波多野の下に滑り込み、その体を受け止める。ドスン、とやけに大きな衝撃音が響き、土埃が上がった。

「波多野さん、アキ坊っ！」

マルが悲鳴を上げて、二人の元に駆け寄った。

落下した波多野は、慌てて立ち上がった。波多野自身に怪我はない様子だったが、波多野に押し潰されたアキ坊は、立ち上がれずにいる。

「う……ああっ……」

強く目をつぶり、悲痛なうめき声を上げている。

ヨナは秘密基地から顔を出し、ガジュマルの根元を見下ろした。

マルが膝を地面につけて屈み、キャップの脱げたアキ坊の名を呼び続けている。そのそばで波多野が唇に手を添え、青ざめている。

潰されたアキ坊の足が、あらぬ方向に折れ曲がっていた。

×　×　×

「本当に……申し訳ございませんでした」

小さな診療所の、たった一つしかない入院室から、波多野の母親の声が聞こえてくる。

ヨナとマルはその弱々しい声を、薄いドア一枚隔てた廊下で聞いていた。

波多野の母親とは違って、アキ坊の母親の声は明るい。

「いいえぇ。あまり気に病まないでください。怪我するのも子どもの仕事のうちってねえ。ま、骨折はちょっとやり過ぎだけどさあ」

アキ坊の母親がケラケラ笑った後に、波多野の母親は今一度謝罪の言葉を述べた。

入院室のドアが開いて、ヨナとマルは後ろに下がった。

ヨナと目が合うと、波多野の母親は軽く会釈した。その険しい表情に、ヨナは反射的に会釈を返す。母親の後に続いて出て来た波多野は、じっとうつむいたまま。顔を上げることはなかった。

ヨナは去って行く親子の後ろ姿を見送る。

早足で歩く母親の後を、波多野は無言のまま追いかける。叱られた子どもが、それでも母親に捨てられないよう縋《すが》りついているような、そんな印象を抱いた。

入院室の奥には、ベッドに横たわるアキ坊の姿があった。枕を背もたれにして上半身は起こし、ギプスの嵌《は》められた片足を布で吊っている。

アキ坊はベッド脇の窓から見える夜空を、じっと見つめていた。

「だあ、あんたたちも早く帰らんと。車で送って行こうね」

アキ坊の母親は病室に入って来た二人にそう言った後、手提げ鞄を摑んだ。

弁当屋で働いているアキ坊の母親は、ヨナの母親と違っていつもニコニコと笑っている。

今日はエプロンをつけたままだった。仕事中に連絡を受け、三角頭巾を外しただけの格好で慌ててやって来たのだろう。

乗って駆けつけたその車も、弁当屋のものだった。

「その前にちょっと先生と話してくるから。もう少し待ってるね？」

「うん」

マルがうなずくと、アキ坊の母親はにっこり笑って部屋を去った。

母親がいなくなってからも、アキ坊はしばらく口を開かなかった。三人きりの室内に、落ち着かない沈黙が流れる。

ヨナはアキ坊の見上げる夜空へ視線を移した。欠けた月が浮かんでいる。診療所は海の近くにあるため、開けっ放しの窓から、寄せては返す波の音が聞こえていた。

沈黙に耐えかねて、マルが口を開く。

「アキ坊……。足、大丈夫……？」

心配そうにアキ坊の顔をのぞき込むマル。アキ坊は窓の外を見つめたまま、ぽつりとつぶやいた。しかしそれはマルへの返答ではなかった。

「……なあヨナ。波多野を撮るのは諦めろ。あいつさ、何かやばい」

「は……？　意味わかんねえんだけど」

一方的な言い草に、ヨナは眉根を寄せ、マルは小首を傾《かし》げる。

「お前ら、豚童《ウヮーワラバー》って知ってるか」

うつむいたアキ坊が唐突に口にしたのは、ウヮーガナシーの伝承にまつわる名称。

「……ウヮーガナシーにさらわれた子どものことだろ？」

「ああ。七年前、実際に神隠しにあった子どもが、厄を移されて豚童にされたって話も知ってるよな？　発見されたそいつが、それからどうなったのかは？」

「確か……島を出たんだっけ？」

ヨナの回答を、マルが補足する。

「出たっていうか、追い出されたんだよ。厄ってのは人から人にも移るから、危険だからって。お父さんが言ってた。島の人たちがウヮーガナシーの話をしないのは、その子を島から追い出した罪悪感もあるからだって……」

アキ坊は顔を上げ、マルを見つめた。

「そっか。お前の親父さんは町長だから、その辺りは詳しいのかな」

二人の会話についていけず、ヨナがいら立つ。

「いや、一体何の話してんの？　それより波多野だろ？　何がやばいんだって」

「だから……波多野の母親さ。〝波多野〟じゃなかったんだ」

「……はあ？」

「波多野って名乗ってたんだけどさ。俺の母さんが覚えてたんだ。どっかで見たことあるって。あなた、もしかして下地《しもじ》さんとこの奥さん？　って」

「下地……？　ってどっかで……あ、紫婆《ばばあ》？」

紫婆。西町の古い屋敷に住む老婆のことだ。いつも紫色の着物を着ているのが特徴的で、この島のオバーにしては珍しく杖をついている。なのに走るのが異様に速く、子どもを見ると追いかけてくるという、その不気味な噂話は東町にも届いていた。だからヨナたちも小学生の頃、悪ふざけで紫婆の家を覗きに、西町へ遠征しに行ったことがある。古い家の門扉に掲げられていた名字が確か、下地。

マルが確認する。

「下地さんって、神隠しにあったとこの家だよね」

「そう」

七年前、山で行方不明になった子どもの名字。それもまた下地。

神隠しにあった西町の子どもというのは、紫婆の孫だった。

アキ坊はヨナに真摯《しんし》な眼差しを向ける。

「神隠しが起きたのは七年前だろ。消えたのは、西町で暮らしてた女の子……下地清子。今は波多野って名乗ってる、あいつだよ」

チリン、と窓際に吊るされた風鈴が鳴る。

「……」

「追い出されたはずの下地親子が……人知れず島に戻ってきてたんだ。母親の姓である〝波多野〟って名前に変えてさ。父親側の――下地家の実家はまだ西町にあるだろ。けど西町には二人を知ってる人が多いから、東町の貸し家で暮らしてるんだってさ」

ヨナは得た情報を整理できず、眉根を寄せて尋ねた。

「……何で戻って来たば？　わざわざ名字まで変えて」

「俺が知るかよ。そこまでは話してなかった。波多野の母さん、話すの、あからさまに嫌そうだったしな。『どうかご内密に』だってさ」

内密にしたところで小さな島だ。二人がもともとは島出身であることなど、到底隠し通せるものではないだろう。波多野の母親もそれくらいわかるはずだ。だからこそ、ヨナは疑問に思う。

――後ろ指を差されてまで、島に戻らなきゃいけない理由って何だ……？

「……『もう関わらないでください』って、波多野にそう言われた」

アキ坊は白い天井を見上げ、思い返すようにつぶやく。

「母さん同士が話してる時にさ、波多野が俺の耳元で言ったんだ。『あなたたちまで巻き込まれてしまう』って」

「巻き込まれる？　何に？」

「だから、俺が知るかって」

アキ坊は不機嫌に言って、誰にともなく尋ねる。

「なあ。波多野の後ろに写ってたあの黒い影は何だ。あいつは何に狙われてる？」

当然、ヨナもマルもその答えを知らない。

「どうして縄梯子が切れたと思う？　今まで俺たちが何度往復しても切れなかった梯子だぜ。何であいつが登った途端に切れた？　あいつさ、たぶん――」

そうしてアキ坊はふっくらとしたマルの顔を見つめ、告げた。

「マル。お前よりも重い」

「……重い？」

アキ坊は、シーツから出した自分の手の平を見つめた。

落ちてくる波多野を受け止めようと伸ばした指先が、今はわずかに震えている。

「異常なんだよ……。人間の重さじゃなかった。あんなほっそい体してんのに、信じられないくらい重いんだ、あいつ。ありゃ、普通の人間じゃない――」

その言葉に、ヨナは波多野親子の会話を思い出す。母親が波多野に言い放った一言を。

――あなたは普通の子とは違うんだから。

アキ坊の口調は弱々しかった。

「……一体何者なんだ？　何だかさ……。怖えよ」

らしくないその口調に、ヨナとマルは戸惑い、押し黙ることしかできなかった。

×　　×　　×

アキ坊が足を骨折してから、三日後の帰りの会。教室に担任教師、アンダーソンの声が響き渡る。アンダーソン。そう呼ばれてはいても、彼は外国人ではない。名字が下村《しもむら》なのだ。

「夏休みまであと六日。気が緩むのもわかるが、怪我には充分気をつけて遊べよー」

首からホイッスルを下げるアンダーソンは、まだ若い。だからこそ変なあだ名で呼ばれているのかもしれないが、アンダーソンはそれを気にするような教師ではなかった。

「夏休みに入る直前――土曜の終業式後には、豚祭り《ウワーウマチー》もある。祭りとはいえ島の大事な儀式だからな。これも気を抜けないイベントだ。何を祀るか、ちゃんとわかっているな？」

アンダーソンが尋ねると、元気のいい生徒が、「ウヮーガナシー！」と手を挙げた。

「そうだ。みんな良く知ってると思うが、黒豚ウヮーガナシーは、人間の出す〝よどみ〟という厄を食べてくれる神様だ。ただしちょっと怖い神様でもある。寂しがり屋で、子どもたちをさらってしまうそうだからな。だから豚祭り《ウワーウマチー》では島の人みんなで、黒豚様を迎え入れて慰めるんだ。あなたは独りじゃありませんよー、みんな友だちですよーってな具合にな。ということでその日ばかりはお前たちも夜出歩くことが許されるが、絶対に守らなくちゃいけない決まりが三つある。わかるか？」

アンダーソンは三本立てた指越しに、教室を見渡す。

手を挙げたのはさっきの生徒だ。

「〝豚を食べてはいけない〟〝豚に触れてはいけない〟」

「そう。ウヮーガナシーは豚だからな、豚肉なんて食べてるとこ見られたら、機嫌を損ねてしまう。それに穢《けが》れているから、触ってもいけないいんだな。じゃああと一つは？」

「ええと……あと何だっけ」

その隙を突いて、手を挙げた八重子が答える。

「〝豚と話してはいけない〟！」

「その通り。豚と話してはいけない。その三つをちゃんと覚えておくんだぞー」

八重子は小首を傾げた。

「でもさ、アンダーソン先生。豚って喋んないよね。話しようがなくない？」

「黒豚ウヮーガナシーは、人間にも化けられるんだ。歌も踊りもすごく上手だって話、聞いたことないか？　祭りの夜に話しかけたそいつが、ウヮーガナシーかもしれない。もしもウヮーガナシーにさらわれそうになったら……どうすればいいか、わかるか八重子」

「水を掛けるんでしょ？」

「その通り。ウヮーガナシーは水に弱い。だから祭りの夜は、みんなコップに水を入れて持っておくんだ。そうしないと、さらわれて豚童《ウワーワラバー》にされちゃうかもしれないぞー」

脅かす調子で言ったアンダーソンだったが、しんと静まり返った教室内の空気を感じ取り、しまったと頭を掻いた。生徒たちが黙った理由は、何も黒豚ウヮーガナシーに怯えたからではない。教室の片隅に、実際に神隠しにあった豚童《ウワーワラバー》――波多野清子が座っているからだ。

アキ坊の母親が口を滑らせたのか、はたまた診療所の先生が喋ったのか。その理由はわからないが、波多野がかつて神隠しにあった西町の下地さんであることは、すぐに周知の事実となっていた。

七年前に〝よどみ〟を移され、穢れてしまった豚童《ウワーワラバー》。

穢れは人から人へも移るのか。その真実は定かではないが、島の人たちは恐れている。〝よどみ〟を移され、自分たちや自分たちの子どもまでも、気がふれてしまうことを。

そのために波多野一家は七年前に一度、島を追い出されたはずだった。

親に言われたのか、波多野に近づくのを露骨に恐れる者もいる。触れてはいけない、話してはいけないというウヮーガナシーに対する決まり事を、波多野に対して実行しているのだ。黒豚への悪評が、波多野を一層孤立させていた。

アンダーソンは咳払いを一つして、空気を入れ換える。

「まあとにかく。先生が言いたいことはつまり、夏休みだ、お祭りだと言ってはしゃぎすぎないようにってことだな。以上！　はい日直、号令」

日直が「起立」と号令をかけると生徒たちが一斉に立ち上がり、椅子を引きずる音が教室に響いた。波多野もまた静々と立ち上がり、椅子を机の下に収める。

ヨナは立ち上がりながら、波多野の様子を見つめていた。

「気をつけ。礼っ！」

号令に倣《なら》って頭を下げる。波多野の黒いストレートの髪が揺れる。

診療所でその後ろ姿を見送ったあの日から、ヨナは波多野と会話をしていない。波多野はもう、写真を返せとは言ってこない。こちらから話しかけても、簡単な相槌《あいづち》を返されるだけで、会話にはならなかった。

しかしヨナはこの三日間、ずっと波多野を気にかけていた。波多野は独りだった。授業中も給食中も、クラスメイトから外れて目を伏せて、一人黙々と時間を過ごす。

ただでさえ小食だった波多野は、給食をまったく食べなくなっていた。周りの人間を無視するように、机上のトレイさえ無い物のように扱って、文庫本を読んでいた。

「ヨナ、やっぱ気になる？」

クラスメイトたちが教室を出て行く中、リュックを背負ったマルが話しかけてくる。

「行こうよ。もう関わらないどこうって、三人で決めたじゃん」

「ん」

アキ坊は松葉杖をついて、すでに教室の外へ出て行った。三人の秘密基地は、三日前の騒動を受けて、立ち入り禁止となっていた。今まで見逃してもらっていた基地の存在が、怪我人の発生によって、放ってはおけないと判断されたのだ。

波多野は鞄とフルートを持ち、教室の後ろを横切っていく。

ヨナはその姿を目で追った。彼女を「怖い」と言ったアキ坊。そしてマルも、クラスのみなも、もしかすれば教員や島の大人たちでさえ、波多野を腫れ物に触れるように扱っている。

しかしヨナには、波多野がそう恐ろしいもののようには思えなかった。クールビューティーでも、ミステリアスでもない。それはあの日、タンナファクルーを頬張る愛くるしい笑顔を見たせいなのか。感情を剝き出しにして激怒する姿を、母親に叱られしょんぼりする姿を見たせいなのか。

後ろ指差されながらも凛として胸を張り、学校を休むこともない。きちんと毎朝登校し、フルートを持って部活に出かける。背筋を伸ばして歩き去る波多野は、気がふれているようには見えない。ヨナにとっては、一人の女の子として映る。

独りぼっちで大勢の敵と戦う、勇敢な女の子として。

×　×　×

ヨナは亀井商店の店先にあるベンチに座り、一人で波多野の帰りを待っていた。

思惑通り。部活動を終えた波多野が、スタスタと歩いてくる。

青いベンチにヨナの姿を見つけ一度足を止めたが、つんと鼻を高くして再び歩き出した。

今日は駄菓子屋へ寄るつもりはないらしい。

「待てよ、波多野」

ヨナは目の前を通り過ぎる波多野に声をかけた。しかし波多野は止まらない。ヨナを無視し、歩くスピードも落とさない。

「待てって。何だよ。もしかして俺のこと、見えてないば？」

いよいよヨナはベンチを立って、波多野を追い掛け、後ろについた。

「え？　すごい。俺、透明人間？　わあい、スカートめくったろ」

すると足を揃え立ち止まる。肩を落として、ため息をついたのがわかった。

「……まだ懲《こ》りてないの？」

波多野が返事をしてくれて、ヨナは安心した。

「良かった、ちゃんと見えてた」

「見えてはいますが、名前とかは知りませんから」

「まじか《ジュンニナー》。山城米輔といいます。みんなはヨナって呼ぶ」

「興味ないです。もういい加減、ほっといてくれません？　迷惑してるんですけど」

「イヤです。俺はお前に、俺の映画に出てもらいたいんだ」

「……はぁ？　映画？　何の冗談？」

「いや、マジな話なんだこれが。なあ、そうぷりぷりすんなよ」

前に回ったヨナは波多野に睨まれ、頭を掻いた。

兄の言葉を胸中につぶやく。

――同じものを熱く語れるんなら、それはもう友だちなんだよ。

ひどいすれ違いを繰り返してしまったが、本当は波多野と友だちになりたいのだ。ならば熱く語ってやろう。

波多野の手首を摑む。

「ちょっと渡したいものがあるんだ」

「は？　触んないで」

無理やりに波多野をベンチまで引っ張って行き、置いてあった袋を渡した。波多野を待ちながら食べていた、タンナファクルーの入ったビニール袋である。

「これ、うまいよな。やる」

「……何？　いらないんですけど」

波多野は警戒心たっぷりに拒絶する。

「何考えてんの？　意味がわからない」

「お前さ、食べるの好きだろ。なのに何で給食食べねえの。お腹空かせてるだろ？」

「……」

「アキ坊を怪我させたことに責任感じて、ダイエットでもしてんの？」

「別に」と波多野はそっぽを向いて、拗《す》ねるようにつぶやいた。

「あれは……私のせいじゃないし。あの人が勝手に私の下に来ただけだもん。誰も助けて欲しいなんて……ってか。あなたが木の上に逃げたせいじゃないっ」

「だーるな。だからつまり、お前が責任を感じることなんてない」

ヨナは袋からタンナファクルーを一個取り出し、かじってみせた。

「うまい！　ほら、やるよ。語ろう。タンナファクルーについて、熱く」

言って袋を波多野へと差し出す。

「だから、いらないってば……！」

波多野が叫んだその直後、きゅう、と波多野の腹が鳴った。慌てて腹を押さえる。

「おお。腹が語ってくれるか。うんうん。な、うまいよな」

ちょこんと飛び出した耳の先を、赤くする波多野。「そんなこと言ってないし」と唇をすぼめ、ベンチに座った。その鼻先に、ヨナはもう一度袋を差し出す。

「はい」

波多野は唾を飲み込む。誘われるようにそっと袋の中に手を入れて、タンナファクルーを一つ取り出す。顔の前まで持っていき、唇をそっと開いてから、その仕草をじっと見下ろしているヨナを睨む。

「いい気にならないでよね」

貰うがわの態度ではないが、話してくれるだけでヨナは嬉しい。餌付けしているような気分だ。ヨナは肩をすくめ、波多野に背を向ける。神社で隠れて食べるくらいなのだから、見られるのは嫌なのだろうと思った。しかしそっぽを向く振りをしながらも、そっと波多野の表情をのぞき見る。

波多野はゆっくりと、タンナファクルーを一口かじった。二度三度あごを動かし、口の中に広がる黒糖の甘さを堪能《たんのう》している。

それからごくりと欠片《かけら》を飲み込んだあとに、目を細めた。

「甘い……」

やっと見ることができた。ヨナが見たかった、波多野の笑顔だ。

波多野はすぐに一個まるまる食べきった。袋の中に残るタンナファクルーに視線を落とすが、手を伸ばすのは躊躇する。ちらと、ヨナの背中をうかがう波多野。もう一つくらいはいいかと二個目のタンナファクルーをかじったその時、波多野の体に異変が起きた。

「……」

――ぽんっ。

何かが弾ける音がして、ヨナは何事かと振り返る。

ベンチに座る波多野の、黒髪からちょこんと出る耳の先が、やけに尖《とが》っていた。

「波多野……。お前、耳が……？」

波多野は慌てて両耳を手で覆った。しかし、またしても「ぽんっ」――。

今度は鼻先で白い煙が弾け、波多野の鼻が、豚の形に変わる。

「へ……!?」

波多野は両耳から手を離し、今度は鼻を覆い隠した。

「ち、違うのっ。見ないでっ！」

叫んだ次の瞬間、ミシミシと青いベンチが軋《きし》み、波多野を中心にたわんだ板が、真っ二つに折れて砕けた。ベンチを破壊した波多野は、「きゃ」と悲鳴を上げてアスファルトに尻餅をつく。

「おい、大丈夫かっ!?」

驚愕したのはヨナだけではなかった。波多野自身もまた目を丸くして、何が起こったのか理解できずにいる。瞳を潤ませ、「違う、違うの」と繰り返す様は、パニック状態に陥っているようにも見える。尻をベンチの骨組みに埋め、足をバタバタさせる波多野を引っ張り上げようと、ヨナは手を伸ばした。

「起き上がれるか……？」

「大丈夫だから！　近寄らないで！　触らないでよ！」

波多野は叫ぶ。汗をだらだらと流し、歪んだ耳と鼻を懸命に隠そうとしている。

「いや……。大丈夫そうには見えないんだけど……耳とか、鼻とか……」

「大丈夫だってば！　あっち行って！」

声を荒らげる波多野の視線が、ヨナの背後で止まった。

視線を追って振り返ったヨナは、道路の向こうに植えられた木の陰に、黒い影の塊を見つける。輪郭の定まらないもやもやとした人影。その顔の前には、白い布が垂れている。

「うわっ。神社にいた影だ……！」

ビデオカメラに映っていた、あの人影たちである。互いに身を寄せ合って一塊になり、肩を小刻みに揺らしていた。ある者は波多野を指差し笑っているふう。またある者は――ガッツポーズを取っていた。

「何だ、喜んでんのか……？」

意味不明で不気味な印象のあった影たちだが、こうして目の前で動いているのを見ると、妙に人間らしく感じた。ハイタッチなどしている様に、おどろおどろしさは感じられない。

「……もう、嫌……」

声を聞いて、ヨナは波多野へと向き直る。話し掛けられたのかと思ったが、立ち上がった波多野の怒りに満ちたその眼差しは、人影たちへと注がれていた。

「もう嫌っ！　いい加減にしなさいよ、あんたたちっ……！」

叫んだ波多野は、豚耳豚鼻を人目に晒《さら》したまま、影に向かって走り出した。一歩目でタンッ、とやけに大きな足音が鳴る。

波多野の怒りに気づいた影たちは、散り散りに分かれて逃げ出した。波多野は駄菓子屋の裏に逃げた一体に目をつけ、その背中を追いかける。

「食ってやるわっ！　一人残らず、食ってやるんだからあっ……！」

波多野が大声を上げて、駄菓子屋の裏に去っていく。ぽつんと取り残されたヨナは我に返り、自分の鞄を漁った。取り出したのはビデオカメラである。

何が起こっているのかわからないが、そのわからない〝何か〟をビデオに収めるために、ヨナもまた駄菓子屋の裏に走った。


亀井商店裏のサトウキビ畑は、静寂の中にあった。

見上げた山が西日を遮っているため、畑には日が当たらない。

両側にサトウキビの立ち並ぶ薄暗い畦道を、ヨナは身を屈め、息を殺して歩いていく。

波多野の気配はない。しかし足元に、波多野のものと思われる足跡を見つけることができた。ベンチを破壊するほど重たくなった波多野の足跡だ。土の上にくっきりと残ったそれは、畦道に点々と残っている。

ふと、ヨナはその足跡の間隔が、進むにつれて広がっていることに気づいた。右足を置いた場所と、次に踏み出したであろう左足の位置が遠い。足跡のそばに自分の足を置き距離を測ってみても、ヨナの足の長さでは、次の一歩には届かなかった。

「波多野じゃ、ないのか……？」

さらにその足跡は、畦道を進むにつれ形を崩していく。靴底の模様までくっきり残っていた足跡は歪んでいき、サトウキビ畑を抜ける頃には、いよいよ靴の形さえしていなかった。三角の鋭利な爪先が二つ。これではまるで、豚の足跡だ。

畑の溝に、波多野の履いていたローファーが落ちていた。拾い上げたそれは、足を入れる部分から爪先部分に向かって、パックリと裂けている。このように壊れた靴は、見たことがない。

「……波多野……？」

不意に強い風が吹き、サトウキビが一斉にざわめいた。風は山の木々をも揺らし、見上げた山が一つの塊となって、さわさわと鳴いているように思えた。

カラスが声を上げ、茜《あかね》色の空へ飛んでいく。もうじき日が沈む。帰宅を促す町内放送が流れる頃合いだ。波多野の姿を初めてビデオに撮ったあの日と、同じような状況である。

波多野を追って、木々の梢に覆われた石段のトンネルを上っていく。

段上へ顔を上げても波多野の姿は見えない。

代わりに、落ちている制服を見つけた。波多野の着ていたものと同じ、中学校の制服である。もう少し上がった先で、スカートを拾う。制服は強い力で引っ張られたかのように破れ、スカートのフックは折れ曲がっていた。

さらに石段を上っていくと、インナーや下着までが落ちていた。それらがここで今、脱ぎ捨てられたものだとしたら。これを着ていた者は、一糸まとわぬ生まれたままの姿となっているはずだ。

異常だ。脱ぎ捨てられた衣服を発見する度、ヨナは恐怖にさいなまれた。それらが波多野のものだと言い切れるわけではないが、その確率は限りなく高い。畦道の足跡が歪み始めた時に過ぎった不安が、嫌な予感が、胸の鼓動を速める。

変化したのは、耳や鼻だけではないのか――？

石段と石段とを繋ぐ踊り場に、その〝何か〟はヨナに背を向けて座っていた。ヨナは咄嗟に体を屈め、石段の陰に身を隠す。そうして腕だけを持ち上げ、ビデオカメラのRECボタンを押した。液晶画面に映った生き物を観察する。

短い手足に、膨らんだ腹。フゴ、フゴと鼻息の荒いそれは、全身が真っ黒の体毛に覆われていた。見たこともないような、大きな黒豚だ。

その体は、石畳に尻をつけていても尚、ヨナが見上げるほどに大きい。

黒豚は丸みを帯びたあごを、モッチャモッチャと動かし何かを食っていた。その口の端から、四角い布きれがこぼれ落ちるのを見つける。

ヨナは目を見開いた。あれは、人影が顔の前に垂らしていたものではないか。

ヨナの気配に気づき振り返る黒豚。その頬には、隈取りのような朱色のラインが引かれていた。巨大な体とは不釣り合いな、つぶらな瞳が濡れている。豚は人影を食いながら、泣いていた。

ヨナはビデオカメラを下ろす。

「……お前。波多野なのか」

豚は答えなかった。

ただ見られるのが嫌で堪《たま》らないというふうに、目を閉じて顔を背けた。

第二話《ターチ》　豚童

「私は豚に呪われているの」

先を歩く波多野は、夕暮れ空に吹く風に、そっとつぶやいた。

ヨナと波多野は、土手の上を縦に並んで歩いていた。帰宅を促す放送までは、もう少しだけ時間がある。左側に見下ろせるグラウンドでは、大人たちが五日後の豚祭り《ウワーウマチー》に向けて準備を行っている。

人間の姿に戻った波多野は、破れた制服や下着を鞄に押し込み、代わりに体操着を着ていた。襟の色は、二年生であることを示す赤。壊れた靴の代わりに、亀井商店から借りた突っかけサンダルを履いている。

トボトボ歩く波多野の後ろ姿を、ヨナは付かず離れずついていく。あのような姿を見てしまった後に、そのまま黙って帰ることなどできなかった。

波多野もまた、後ろをついてくるヨナに説明しなくてはいけないと思ったのだろう。だから「呪われている」と口にした。

「〝よどみ〟を食べる豚の神様、ウヮーガナシー。私は豚童となって、その役目を引き継いじゃったのよ。七年前、神隠しにあった時にね」

前を行く波多野が突然語り始めたので、ヨナは足を速めて近づく。

「豚に変身しちゃう呪いなのか……？　〝よどみ〟って一体、何だ？」

「大まかに言えば、負の感情ね。大切な人を失った悲しみだとか、ひどく傷つけられた時だとか。感情がほとばしって、胸が痛むことがあるでしょう？　キュウって心が締めつけられて、呼吸さえできなくなって。それは心の裂けてしまった箇所から、〝よどみ〟が溢《あふ》れてしまっているからなの」

波多野は歩くスピードを緩めず、ヨナを一瞥して説明する。

「放っておくと心が穢れて死んでしまうわ。だからそうならないように。ウヮーガナシーがみんなの〝よどみ〟を食べて、穢れを一手に引き受けるのよ。そういう役目を持った神様なんだって」

「じゃあ今はお前が……その神様の代わりをしてるってこと？」

「してないわ。東京に逃げてたんだもの。けど、しなきゃいけないんじゃない？」

波多野は前を向いたまま、他人事《ひとごと》のように答えた。

「七年前まではね。本家本元のウヮーガナシーが〝よどみ〟を食べていたのよ。けど今はもういない。だから沖縄の神様たちは、ウヮーガナシーから役目を引き継いだ私――

豚童《ウワーワラバー》である私に、〝よどみ〟を食べさせようとしているの。あの黒子たち、いたでしょ？　あいつらは神様の手下。私の食べるものに、こっそり〝よどみ〟を混ぜてくるのよ」

「……それを食べたから、豚になっちゃったのか」

「見たでしょ、あの醜い姿。あんたから貰ったタンナファクルーに、いつの間にか混ぜられてたんだわ」

ヨナが初めて黒子を見た時、彼らは神社でタンナファクルーを頬張る波多野の背後から、腕を伸ばしていた。あれは波多野を連れ去ろうとしていたのではなく、波多野の食べるお菓子に、〝よどみ〟を混ぜようとしていたのだ。

しかし急に神様だとか呪いだとか言われても、ヨナはすんなりと納得することができない。前を行く波多野の黒髪に尋ねる。

「……わかんねえな。何でお前が豚の代わりをしなきゃいけないんだよ」

「言ったでしょ？　呪われてるから」

「だって〝よどみ〟を食べるのは豚の役目なんだろ？　豚が食べればいいじゃん」

「それも言った。ウヮーガナシーはもういないんだって……。これは罰なの。あの子は、私のせいで死んじゃったから――」

前方から集団が歩いて来て、波多野は言葉を打ち切った。

筋肉隆々とした青年たちは、それぞれ木材や工具を手に持っている。祭り会場の設営に駆り出された消防団員たちだ。和気藹々《あいあい》と雑談していた彼らは、波多野の姿を見つけて口を閉じた。

彼らとすれ違う途中で、ヨナはあごの四角いタンクトップ姿の団員から首に腕を回される。「痛《アガッ》っ。んだよ、マサルニーニー」とヨナは引きずられながらも抵抗した。

この消防団員は兄の同級生だ。幼い頃は良く一緒に遊んでいた。

「……エエ、ヨナ。あの子……下地さんだろ？」

顔を近づけ、声を潜めるマサル。

ヨナは眉根を寄せたまま、ぶっきらぼうに答える。

「今は違うよ。波多野だ」

「お前《ヤー》……大丈夫か……？　豚童《ウワーワラバー》と話したら、穢れるんど……？」

「穢れねえよ、別に。離せって」

ヨナは頭を下げて太い腕から抜けだし、波多野を追いかける。

「ヨナ！　もうすぐ日が暮れるぞ」

「わかってるよ。じゃあね」

マサル以外の団員たちも、何人かこちらを振り返っていた。無論ヨナを見ているのではない。ヨナの向かう先にいる、波多野の後ろ姿を見ているのだ。

ヨナが波多野に追いつくと、波多野はつんと前を向いたまま言った。

「ねえ。あなたどこまで私について来る気？　もう帰れば？」

「帰れるかって。話の途中だろ。〝あの子〟が死んだのはお前のせいだって……。〝あの子〟って、誰……？」

「決まってるでしょ。ウヮーガナシーよ」

波多野はそっぽを向いたまま、途切れてしまった話を続けた。

「七年前、私は七歳だった。あの時、どうして山へ行ったのかはわからないけど、退屈だったのね、きっと。とにかく行ったの。そこで黒豚ウヮーガナシーと出会った」

波多野の語る過去は、島に伝わる黒豚ウヮーガナシーの物語。

それはまるで「むかしむかし、あるところに」から始まるお伽噺《とぎばなし》のようだ。

「木枯らしが吹いていたわ。あの時、山は晩秋を迎えていて。あの時、ウヮーガナシーはまだ白い子豚だった。私はその子を、見殺しにしたのよ――」

×　　×　　×

島で生まれ育ったその少女は、やんちゃで男勝りな性格をしていた。

髪は短くおかっぱに刈り上げ、膝小僧には擦り傷があった。

少女は他の女の子たちとお喋りを楽しむより、男の子に混じって校庭を駆け回る方が好きだった。木登り、探検、格闘ごっこ。思いつく遊びは何でもやった。その遊びの危険性を考えるよりも、楽しいことと優先で体が動いた。しかしある時、無茶をしてクラスメイトを泣かせてからは、男の子たちでさえ少女に付いていけなくなり、少女は孤立することが多くなった。

だから冒険ごっこと称して山へ登った時も「冒険家ってのは、コドクなものなんだわ」と大人びたことをつぶやき、たった一人で雑木林へと入っていった。

当時まだ島は、子どもが夜出歩くことに寛容だった。黒豚ウヮーガナシーが出るよ、と言われてはいたものの、当時それは教訓めいた脅し文句でしかなく、一人出歩く少女に、早く帰るよう注意する者はいなかった。

拾った小枝を指揮棒代わりにして歌を歌い、落ち葉を踏んで雑木林を行く。昼の森は怖くない。むしろ辺りから感じられる様々な気配が楽しく、少女を飽きさせない。

「小鳥さん、私が道を間違えたら教えてね。クモさん、私の顔に巣をつけちゃやあよ」

人懐っこい少女は、誰彼かまわず話しかける。

小川のほとりの石の上に腰を屈め、小枝を浅瀬に突っ込んで、カニを殺して遊んでいた。それで隠れているつもりなのか、石の隙間でじっとしているカニが面白くて、枝で突くのに夢中になっていた。

ふと、背後に落ち葉を踏む音を聞き、振り返る。

「きゃ……！」

枯れた太い幹のそばに、真っ白な子豚が二本足で立っていた。

はじめは目を丸くして驚いた少女だったが、子豚の愛らしい姿形を見て、すぐに警戒心を解く。

「……子豚さん。あなた、もしかして豚の神様？」

ウヮーガナシーの話は祖母からよく聞かされていたが、目の前に立つこの子豚が、人を食う恐ろしい大豚にはとても見えない。

少女が立ち上がると、子豚はびくりと肩を跳ねさせ、木の幹に隠れる。

少女は慌てて手を振った。

「怖がらないで！　私は怖くないよ。あなた、もしかして独りぼっち？」

木の幹からつぶらな瞳を覗かせる子豚に、少女は枯れ枝を差し出した。

「ねえ、一緒にカニ殺さない？　楽しいよ？」

少女が笑って言うと、子豚はおずおずと前に出てくる。

子豚は爪の先に小枝を挟み、少女と並んで浅瀬を覗き込んだ。二人でカニを殺して遊ぶ。

殺したカニを子豚は摘み上げ、ひょいと口の中に入れた。

「まあっ！　食べちゃったの？」

その子豚があまりにも美味しそうにカニを食べるので、少女も子豚の真似をしてカニを唇に挟んだ。しかしすぐに「ぺっ」と吐き出す。

「うわぁ、にがっ。まずいよ、これっ！」

その仕草が面白かったのか。子豚は初めて「ぶぃ、ぶぃ」と鳴き、少女はそれが、笑っているのだと気づいた。

波多野の母親は、東京生まれだった。老舗《しにせ》のデパートを経営する一族の、三姉妹の末っ子である。いわゆるお嬢さまだ。都会で何不自由なく暮らしていたが、室内で大切に育てられたその反動からか、アウトドア派で活動的な女性へと成長した。

卒業旅行で訪れた宇嘉見島で、旅行会社に勤める青年と恋をして、結婚の約束を交わした。卒業後、彼女を企業グループに迎え入れるつもりだった母親の親族——波多野家は当然のように結婚に反対したが、それでも母親は勘当同然で家を飛び出し、島に来て、西町の下地家でともに暮らすようになった。

それから程なくして清子が生まれた。

観光業に勤《いそ》しむ父親は出張が多く、家にいることは少なかったが、清子の母親はそれでも持ち前の明るさで下地家に溶け込み、宇嘉見島に馴染んでいった。清子が奔放に育ったのも、母親の元気で明るい性格が影響していたのかもしれない。

学校が終わると清子はランドセルを背負ったまま、雑木林を掻き分けて山に登る。待ち合わせ場所は、初めて会った樹木の根元。

近くに小川の流れるその場所が、清子と子豚の遊び場だった。

「お待たせ、子豚ちゃん！　待った？」

「ぶぃ」

言葉を話さない子豚が何を言っているのかはわからなかったが、清子は子豚の言葉を想像して会話を楽しんだ。

子豚は表情豊かだった。同じ「ぶぃ」でも、ある時は「おかえり」を言っているようでもあったし、お別れする時の「ぶぃ」はどこか寂しげだった。

子豚と遊ぶのは、学校のクラスメイトたちと遊ぶよりも、何倍も楽しかった。子豚は清子の探検にも嫌な顔一つせず付いて来てくれたし、ママゴトにおいてガサツだからという理由で、お父さん役を押しつけたりもしなかった。

「私だって本当は、ママの役がやりたいの！」

清子は子豚と膝をつき合わせ、皿に見立てた平石に、細かくちぎった草を盛る。それを「はい」とお父さん役の子豚に渡しながら、クラスメイトたちには言えないような、自分の気持ちをつらつらと語る。

「みんな私のこと、よく知らないんだわ。私は、本当はオシトヤカなの。大人になったらフルートを吹くのよ。ママみたいにね。あなたフルートをご存じ？」

草にかじりつく子豚の前で、清子は木の枝を横にして唇に添える。

「ピーヒララ、ピーヒララ」

緩やかに体を揺らし、メロディを口ずさむ。大学で吹奏楽部に所属していたという母親の、ビデオで見た演奏中の姿を思い返して。艶《つや》めく長い黒髪、煌《きら》めくドレスに身を包んだ母親は、清子の憧れだった。

「だってママの娘だもの。大人になったらきっと私も、ママみたいな美人になるのよ」

「ぶぃ」

子豚が何と答えたのか定かではなかったが、清子にはその鳴き声が、自分を応援してくれているように聞こえた。

「うん、頑張るわ。ありがとうっ！」

だから満面の笑みを浮かべて答えた。すると子豚も顔を上げ、目を細める。言葉は通じなくとも、種族は違っても、心は通い合っていた。二人は喜びを分かち合い、独りぼっちの寂しさを分け合った。

ぽかぽか陽気の暖かな午後などは、木陰に並んで昼寝をした。清子は横になる子豚の腹に頭を乗せて、静かな寝息に耳を澄ませる。鼓動に合わせて上下する腹の動きが可笑しくて、愛おしかった。

子豚の耳先や鼻先は、可愛らしいピンク色をしていた。

祖母にそれとなく尋ねてみたところ、ウヮーガナシーの毛並みが黒いのは、〝よどみ〟を食べるからなのだという。生まれた時は白い子豚も〝よどみ〟を食べ続けることでその体は穢れ、真っ黒に染まる。

この子豚の体毛は、まだ穢れを知らない乳白色。

だから触れても〝よどみ〟が移ってしまうような心配はない。

柔らかい毛並みに顔を埋め、清子は安らかに目を閉じる。

日差しを浴びた子豚の体毛は、お日様の匂いがした。


清子が裁縫セットを持参したことがあった。

「ママのお誕生日が明後日なの。だからね、ドレスを作ってあげようと思って！」

言って清子はランドセルからたくさんの布を取り出し、草の上に広げる。

「おうちから黙って持って来ちゃった。この布を切ってね、お洋服を作るのよ」

祖母や叔母がミシンを使って服を作るのを、清子はいつもそばで見ていた。次々と布を裁断し、繋げていくその手際を見ていると、自分にもできそうな気がしていた。

しかし実際にハサミを使い、布を裁ち切ってみても、思ったような形にならない。

「うーん……」

清子が思い浮かべるのは、フルートを吹いている時に母親が着ていたような、煌びやかなドレスだ。しかし清子が縫い合わせた布切れは、とても衣装には見えない。

「ちっとも上手くいかないわ……。ちゃんと着られるのかしら、これ」

針と糸を使い、清子が四苦八苦しているのを見ていた子豚は、ふと立ち上がり雑木林へと入っていった。退屈してしまったのだろうか。清子はそう思ったが、子豚はしばらくすると戻ってきた。

大きなムーチーの葉を皿代わりにして、運んできたのは黒や灰色の艶やかな実。一センチほどの卵型をした、数珠玉《シシダマ》の実だった。

子豚は裁縫箱から針と糸を取り、器用に実の天辺に針を刺した。ゆっくりと一個ずつ丁寧に、実を連ねていく。

首を傾げて見ていた清子だったが、あっと気づいて声を上げた。

「それ、ネックレスね⁉」

「ぶいっ」

子豚は小さく一度鳴いて、清子に作りかけのネックレスを渡した。

「これなら私でも作れそうだわ！」

清子は未完成のネックレスを受け取り、子豚がやったように数珠玉《シシダマ》を連ねる。

日が傾き、空が茜色に染まる頃、清子は完成したネックレスを夕日に掲げた。

「できたっ！　これならきっと、ママも喜んでくれる！」

清子は満面の笑顔を浮かべる。

斜陽に煌めくネックレスは、最高のプレゼントに思えた。

「あなたのおかげよ、ありがとうっ！」

清子は子豚を抱きしめた。子豚も嬉しそうに声を跳ねさせた。二人で作ったプレゼントだ。ネックレスは母親への誕生日プレゼントであると同時に、二人の友情の証でもあった。

しかしこの日が、二人がともに過ごした最後の日。

親友との今生の別れは、あまりに突然訪れたのだった。

×　×　×

「子豚はね、決まって小川を渡って帰るの。渡ると言っても橋が架かってるわけじゃなくて。川から岩場が見えていて、そこをぴょんぴょんってジャンプして帰るのよ。私は泳げないから、川の向こうへは行けないの」

波多野は土手の上から、グラウンドを見下ろしながらつぶやいた。

祭りの準備は着々と進み、大人たちの呼び合う声が茜色の空に響いている。

ヨナは、立ち止まった波多野の横顔を一瞥した。

伏せた長い睫毛が、夕日に透き通っている。

「その日もネックレスを作った後、私たちは『また明日』って、お別れした。子豚は岩場をジャンプして。私は小川に背を向けて。けどすぐに。ポチャンって、音を聞いたの」

振り返った清子は、水面でジタバタともがく子豚の姿を見た。

「子豚ちゃんっ！」

川の流れは思った以上に速く、子豚は浮いたり沈んだりしながら、川下へと流されていく。

清子は川沿いを走り、子豚を追った。

「子豚ちゃん、子豚ちゃん！」

「ぶひぃ、ぶひぃっ……！」

耳をつんざく悲鳴が、雑木林に響き渡る。

子豚はしばらく流されて、大きな流木にしがみついた。その流木は、清子のいる岸に引っ掛かっていた。流木を伝えば子豚に届く。子豚を救うチャンスだった。

しかし。駆けて来た清子は、流木を前にして立ちすくむ。

「どうしよう。どうしよう……！　誰かっ！　子豚ちゃんが！」

「ひぃ、ぶひぃっ……！」

子豚の悲鳴に清子は唇を噛み、勇気を振り絞って足を踏み出した。夕暮れの雑木林に人はいない。流されそうになっている親友を、救うことができるのは自分だけなのだ。流木に四つん這いになり、恐る恐る子豚へと近づいていく。

しかし水面に映る自分の姿を見た瞬間、体が硬直した──。

「私は泳げないの。ほんの少しでさえ、泳げないのよ──」

その時の恐怖を思い出したのか、波多野はキュッと唇を結ぶ。

川を流れる水の音。今にも流されそうな子豚の悲鳴。強く、固く瞳を閉じて、波多野は恐怖に耐える。

そっと視線を持ち上げ、目の前に子豚の姿を見る。

首の上まで水に沈んだ子豚は、小さな瞳で清子を見上げ、腕を伸ばしていた。

「助けて」と。あの時、子豚はそう鳴いていた。この手を摑んで。引っ張り上げて──。

「ぶひぃっ。ぶひぃっ……！」

しかし清子は、どうしても手を伸ばすことができなかった。

流木の上で体を硬直させたまま、子豚の顔を見つめることしかできなかった。

やがて子豚の体は流木を離れ、さらに川下へと流されていった。

「……ずっと川を下った先で、あの子を見つけたわ。川辺に打ち上げられていたあの子はまだ、かろうじて生きてた。息も絶え絶えだったけど──」

「子豚ちゃん……！」

清子は子豚に駆け寄って、うつ伏せに倒れていた子豚を抱き起こした。

「ごめんねっ。ごめんね……！」

微《かす》かに息をする子豚を、清子は強く抱きしめる。自分は救うことができたはずなのに。

手を伸ばせば届く場所で、この子は私の助けを待っていたのに――。

子豚はすでに鳴くこともできず、晩秋の川に長時間浸った小さな体は、冷たくなってい
た。

虚空《こくう》を見つめるつぶらな瞳が、ゆっくりと清子へ向けられた。それから二本の爪先で、
清子の手を握りしめる。

「ぎゅうって強く、すごく強く握ったの――」

波多野は右手に視線を落とす。手を握られたあの時の感覚を思い出すように。

「〝私の代わりにお願い〟って、そう言っているように思えた。そうやって子豚ちゃんは
私に、〝よどみ〟を食べる役目を託したのよ。その時から私は……豚童《ウワーワラバー》になった」

そう言って波多野は、大きく息をついた。

「私は山を彷徨《さまよ》って、二日後に発見されたわ。その辺りはもう、あまり覚えてないの」

二日間山を彷徨った疲労のせいか、はたまた役目を託されたせいか。話す言葉もおぼろ
げで記憶も曖昧な清子を、人々はウヮーガナシーに呪われた豚童だと恐れた。

穢れは移る。黒豚の呪いは蔓延《まんえん》する――それは根拠のない伝承に過ぎなかったが、神隠しにあった清子の様子を見れば、島の人々がおののくのも無理はなかった。

「パパとママは、島のユタに相談したんだって。あなたも知っているでしょう？　亀井商店のお婆ちゃん。あの人は言ったわ。豚童となった私には、ウヮーガナシーの代わりにこの島の穢れを引き受ける使命があるんだって」

ウヮーガナシーを見殺しにした清子を、沖縄の神様たちは許さないだろう。〝よどみ〟を食べる存在がいなくなれば、人間たちから発生した〝よどみ〟は島を汚し、やがて神々の住む国にまで流れ込む。

ネガティブな感情から発生した黒いモヤモヤは、誰かが消化しなければいけないのだ。しかし清子はまだ年端の行かぬ幼い少女だった。両親は清子を守ろうとした。担うこととなった役目から――豚の呪いから逃げようとした。

「だからパパとママは私を連れて、島から出たの。ママの実家のある東京へと引っ越したのよ。亀井のお婆ちゃんのアドバイスを受けて、ママ側の姓を名乗ったわ。少しでも神様の目を誤魔化すためにね。最初の頃はうまくいってた」

両親は母親の一族が経営する老舗のデパートに就職し、新たな生活を始めた。

二人の献身的な支えと自身の努力の甲斐《かい》もあり、波多野はやがて落ち着きを取り戻していった。再び学校へ通えるようになるまで回復し、東京での暮らしにも慣れた頃。成長していく波多野は、しかしそれでも豚の呪いからは逃げられないことを知る。

体重の増加が、明らかに異常だったのだ。

「私は一〇歳にして、一〇〇キロを超えていたのよ。見た目とはちがってね」

「……それも、豚の呪いのせいだったのか」

「それ以外に考えられないわ」

波多野は体重の重さを隠して、学校生活を続けた。

「誰かの上には乗らないように。誰かの足は踏まないように。エレベーターや車、自転車にだって乗らない。身体測定は、理由を付けて拒否するようにしたわ。自分が重いことを意識して過ごせば、意外と生活はできるものよ。必死に勉強して、私立の中学校にだって受かったんだから。自分が呪われてるってこと、豚童《ウヮーワラバー》だってこと。ついうっかり忘れちゃいそうになるくらい、私はたぶん、幸せだった。あの時までは。学校にあいつらが…………黒子たちが現れるまでは――」

沖縄の神様たちは黒子――使役される人形――を使い、波多野を探し続けていた。

そして波多野が中学校へ上がった頃。いよいよその姿を見つけたのだ。

彼らは豚童である波多野に、溜まりに溜まった〝よどみ〟を消費させようと、黒い餅のように捏《こ》ねたそれを、波多野の給食に混ぜた。

それを飲み込んでしまった波多野は、変貌する鼻や耳を隠して、教室を飛び出した。

「あれを食べると、私は穢れて黒豚になってしまう。その時は慌てて教室から離れたからバレはしなかったけど……。それでもちょっとした騒ぎにはなったわ。鼻がぽんと弾けて煙を上げて、豚鼻になっちゃったのを目撃されたから」

波多野は痛みを我慢するように、眉根を寄せて言った。

「おかげで私は、学校に行けなくなったわ。怖いのよ。黒子たちはいつだって私の周りをうろついていて、私のご飯に〝よどみ〟を混ぜようとしている。教室であんな姿になれば、今までの生活が壊れちゃうでしょ。私が頑張ってやっと手に入れた普通の生活が、全部台無しになっちゃう」

登校しなくなった波多野を心配して担任の教員が家を訪れても、波多野は自室に隠れ、決して姿を見せなかった。母親が「あの子は病気なんです」と説明するのを、廊下まで出てきて聞いていた。

波多野の母親は亀井のオバーに電話し、事情を説明した。

島を離れ、名字を変えても、それでも黒子たちは執拗《しつよう》に波多野を見つけ出し、〝よどみ〟を食べさせようとする。波多野の担った役目を、全うさせようとする。

隠れても見つかってしまうのならば、相対《あいたい》して抵抗するしかないのではないかと、オバーは提案した。大豚の姿となった波多野ならば、黒子を蹴散らすことも難しくないだろう。

つまり〝よどみ〟を運んでくる黒子自体を、食ってしまえと言ったのだ。

「私は普通の生活を取り戻すため、私に〝よどみ〟を押し付けるあいつらと決着をつけるために、戻って来たのよ」

万が一都会で変身すれば、騒ぎになるだろう。巨大化した体を隠せるような場所も少ないし、何より東京は帰るべき場所。居られなくなるような事態は避けたい。だから波多野親子は、黒子と対峙《たいじ》する場所として宇嘉見島を選んだ。仕事で離れられない父親を一人東京に残し、一時的にこの島へとやって来たのだ。

黒子をすべて食べ尽くし、必ず東京へ戻るのだと固い決意を胸に抱いて。

しかしいざ黒子を目の前にすると、まるで蛙人間を丸呑みするかのようで、動いている彼らが恐しくなり、食べることなどできなかった。この島に来て食べた黒子は、一体だけ。つい先ほど、怒りに任せてかじったあの黒子だけである。

「……逃げてくのを捕まえて食べるなんて。〝よどみ〟を食べる以上に、怪物じみてると思わない？」

「……まあ、あれは確かに、怖かった」

「……」

再び歩き出した波多野の背中を、ヨナが追いかける。

「なるほどね。お前が給食を食わない理由がわかった」

「人前で食べるのはリスキーなのよ。騒ぎになればまた転校しなくちゃいけなくなるしね。

給食はちょっとしたトラウマだわ。あいつら、いつの間にか〝よどみ〟を食べ物にくっつけてるんだから」

「ああ。だから神社で隠れて食べてたんだな。黒子が現れてもいいように」

「あれは……。黒子からも隠れてたつもりだったわ。私だってたまには、のびのびとお菓子の一つや二つ食べたいのよ」

「家で食べればいいじゃん。家だと他の人に見られないだろ？」

「嫌よ。ママにこそ、醜い豚の姿なんて見せたくないの」

あの日、タンナファクルーを頬張る波多野に、そのような事情が隠されていたとは。

ビデオカメラを向けられた時に鼻を隠したのも、反射的に最も隠したい部分へ手が動いたのだろう。あの時は豚鼻になってはいなかったが、波多野にとって、何かを口にするということは、常に豚化の危険が付きまとうのだ。

「あ、そうだ。俺、謝んなきゃ。パンツ撮って悪かったよ。あれは事故っていうか――」

「そんなこと、どうでもいいわ」

「いや、でも……お前、すごく《デージ》怒ってたやっし？　基地にまでやって来てさあ……」

足を止めた波多野がくるりと振り向いたため、ヨナも急ブレーキをかける。

「あれはっ！　黒子たちが写ってたから。ゾッとしたわ。あの神社は、私だけの秘密の場所だったんだから。なのに、いつの間にか後ろにいたんだもん」

「……大変なんだな。ご飯、ちゃんと食えてねえのか？」

「ふんっ。あなたに心配されるいわれはないです」

しかしヨナは気に掛ける。あれだけ幸せそうにお菓子を頬張る波多野が、食べることを我慢しているのなら可哀想である。

「給食くらいは、ちゃんと食えよ」

「言っとくけど、ちゃんと食べてますから。デザートのゼリーとか、ミルクとか。ご飯に〝よどみ〟を付けられちゃうんだから、パックされてるやつだけ食べればいいんだわ。ふふっ、完全勝利ね」

「いや腹減るだろ、そんだけじゃ」

「減りません。私、元々少食だし」

言下に波多野の腹が、「くぅ」と鳴った。ずいぶんと饒舌《じょうぜつ》な腹である。

「……」

波多野は赤くなった顔を背けて、歩き出した。

土手の上を行く波多野の後ろ姿に、ヨナは提案する。

「なあ、夕飯うちで食べてけよ。うち大家族だからさ、ご飯すげえたくさん《デージバンナイ》作るんだ」

「は？ 嫌です。話聞いてた？ 人前で食べたくないんだってば」

「〝よどみ〟が付かなきゃいいんだろ？ 俺が見張っててやるから」

「嫌だってば。何で私があなたのうちになんか──」

波多野の言葉を遮って、夕暮れの空に『てぃんさぐぬ花』のメロディが流れた。

早くおうちに帰りましょうと、帰宅を促す放送が夕空に木霊《こだま》する。

「お前んち、東町の端っこなんだろ？　長話したせいで夜になっちまうよ。俺んちで飯食ってさ、俺の父ちゃんに送ってもらおうぜ」

「ねえ、それこそ話聞いてた？　この島の人たちは滑稽だわ。こんな放送して、いつまでも見えない神様に怯えてる。夜になると黒豚ウヮーガナシーが現れて、子どもたちをさらってしまうですって？　笑っちゃう。黒豚ウヮーガナシーはもう……いないのに」

波多野は歩くスピードを緩め、立ち止まった。

「私のせいで、死んでしまった。私が川で見殺しにしたの。だから豚童になったの。見たでしょ、大豚になった私の姿。怖かったんでしょ？　なのに、何でご飯に誘えるわけ？」

ヨナは波多野の背中を見つめ、答える。

「俺の兄ちゃんが言うには、だ。泣いてる女の子を無視できるのは、鬼か悪魔か鬼畜の類なんだとさ。俺は鬼畜じゃないからな。無視できん」

「泣いてないんですけど」

「じゃ泣いてくれ」

「女の子でもないし……。豚だし」

「女の子だろ。どう見たってさ、今は」

自虐的な波多野の言葉を、ヨナは笑い飛ばした。

「あん時は、波多野だって知らなかったから怖かったんだ。だけど話《ヤシガ》してくれたおかげで知れた。豚になったってさ、波多野は波多野なんだろ？　じゃ別に怖くねえわ」

「……」

「ただまあ、うち天井低いからな。豚になったらすげえ狭《デージ》くなるかも知れんけど。まあ、何とかなるさ《ナンクルナイサ》。黒子が来ないよう、俺がちゃんと見張っとくし」

「……あんたからもらったタンナファクルーで、私はさっき豚になったんだけど」

「いや今度はちゃんと警戒するし。安心しろって。な？」

「……」

波多野は答えない。代わりに腹が「くぅ」と鳴って、勝手に返事をしてしまった。

×　×　×

普段であれば縁側から畳間へ上がるヨナだったが、今日はゲストを連れているため、玄関へ回った。ドアを開けて「ただいま」と叫ぶと、トタトタ依子が駆けてくる。

食事の準備をしていたのか、両手にコップを握っていた。

「おかえりー！」

笑顔で応えた依子だったが、ヨナの後ろに波多野の姿を見つけ、笑顔を消した。

「いやぁあっ！　お母さぁあん！」

すぐに踵を返し、台所へ駆け戻る。

波多野がドアから半身を覗かせたまま、不安げにつぶやいた。

「私、帰ろっか……？」

「気にすんな。あいつは人見知りするんだ」

ヨナが靴を脱いだ直後「あれまあ！《アギジャビヨイ》」と紺の着物を着た祖母が顔を出す。

「大変なことになってる《デージナトーン》！　米輔や恋人《ウムヤー》ぐぁ連れて来てるさ！」

猫背で腰も曲がったままだというのに元気に声を荒らげ、居間へと姿を消す。

「違うって！　ええ、オバー！」

祖母とすれ違うように、今度は母親がエプロンで手を拭きながら現れる。次から次へと、入れ代わり立ち代わり玄関口に現れる家族たち。山城家はいつでも騒がしい。

「あらあら、米輔が八重ちゃん以外の女の子連れて来るなんてねぇ」

「ご飯一緒に食べてもいい？」

「もちろんさ、食べていきなさい。けど清子ちゃん。お母さん心配してるんじゃないの？もう日も落ちてるさ」

ヨナの母親は、まだ紹介もしていないというのに、波多野の名前を呼んだ。

「は？　何でお母、知ってんの？」

「知ってるさそれは。清子ちゃんといったら今、島で話題の女の子よ。清子ちゃん、おうちには連絡しとこうね。夕食後に父ちゃんに送らせるさ。食べていって」

波多野は恐縮して足をそろえ、「……すみません」と頭を下げる。

母親は朗らかに笑って迎え入れたが、波多野に関する話題となれば、神隠しにあって気がふれたという、豚童《ウワーワラバー》としての悪評に違いない。

廊下を歩く母のそばに駆け寄り、ヨナは声を潜めた。

「お母……気にならんば？　穢れが移るとか何とか……」

返って来たのは、まさかのゲンコツである。

「アガッ」とヨナは殴られた後頭部を擦《さす》る。

「女の子にそんなこと言わんよ。あんたは移ってるわけ？」

「いや……。移ってないけど……」

「だあ、移らんさ。あの子は神隠しにあった豚童であって、神隠しするウヮーガナシーじゃあないんでしょ。何を恐れる必要があるわけ？」

母は当然のようにそう言い、ヨナは予想通りの応えだと笑った。人の話を聞かないこの母親は、憶測で囁かれる人の噂などを嫌がるタイプだ。自分で見て、感じたものしか信じない頑固な人。だからこそ、波多野を招待しても平気だろうと楽観していた。

一人の女の子である波多野の姿を見て、実際に話せば、気がふれていないことは一目瞭然である。この母親なら波多野を傷つける噂話など、大声で笑い飛ばしてくれるに違いなかった。


縁側から開けた庭の見渡せる畳間が、山城家の食卓だった。

縦長の座敷テーブルを囲んで、家族は顔を向かい合わせる。食事が運ばれて来る間に、ヨナは波多野に家族を紹介した。

二人並んで座っているのが、祖父と祖母。波多野が会釈すると、揃ってお辞儀する。

「トゥシャ、チャッサ、ナイガ？」

祖父がいきなり波多野に方言で話しかけたので、ヨナは焦った。祖父の方言はあまりに難解すぎて、島で生まれ育ったヨナでさえすべてを理解することはできない。知っている方言を拾って、ギリギリ会話が成り立つレベルなのだ。

「ごめん、波多野。適当に流してくれていいから」

耳打ちしたヨナだったが、波多野はするりと、質問に答えた。

「ええと……一四歳です」

祖父はシワくちゃの顔にさらにシワを寄せて、ニッコリと笑った。

「下地の家の子どもがこんなに大人になってるさ。《シモジヌヤーヌワラバーガアンシウフッチュナトーサヤー》美人になってるね《チュラカーギーナトゥルムンナ》」

「えへへ。ありがとうございます《ニフェーデービルタイ》」

「あなたのご家族にもよろしくね《イッターヤーニンジュンカインユタシクヤ》」

「はい《ウー》、わかりました《ワカヤビタン》。伝えておきます」

波多野が何の問題もなく会話をこなしたので、ヨナは驚愕した。

「え？　何でわかんの……？」

波多野は険しい顔を作る。

「逆に何でわかんないの？　島でお爺ちゃんお婆ちゃんと会話して育ってきたんなら、わかるでしょ普通」

波多野の存在にも我関せず、仏壇の前で新聞を広げているのが父親だった。海の男らしい黒く日焼けした肌に、白の混じる無精ひげ。武骨で寡黙な父親は、必要以上のことは喋らない。

「……ねえ、もしかしてお父さん……怒ってる……？」

今度は波多野がヨナに耳打ちするが、ヨナは笑って答えた。

「お父はいつもあんな感じやさ。むしろ今日は機嫌がいいよ」

見れば新聞の縁から、父親の顔がのぞいている。目が合いそうになると、さっと隠れる。我関せずを装ってはいるが、波多野のことを気にしているのが見て取れる。

「……ゆっくりしていきなさい」と不意に新聞の向こうから声がした。

「ありがとうございます」と波多野は慌てて居住まいを正した。

「俺たちは四人きょうだいで、一番上は上京してんだ」

「あの、さっき言ってた、泣いてる女の子を無視できないっていうお兄さんね？」

「そ。二番目の姉ちゃんがちょっと面倒で。波多野の噂のことも知ってるだろうから、嫌なこと言われちまうかも──」

その時、廊下をドタドタと歩いて来る者があった。

「米輔！　冗談じゃねえんだけど！」

姉のいなみがヨナと波多野の背後に現れ、二人を見下ろす。

「何、勝手に豚童連れて来てんの。家が穢れるじゃんよ！」

緩いタンクトップに短パン姿。胸元まで垂れる長い髪は、茶色に染まっている。一見してヤンキーのような姉は高校生だ。

「いや、いな姉《ねえ》。別に波多野は──」

「何だ？　こいつか？」

いなみは二人の間に膝を曲げて腰を下ろし、萎縮する波多野の両頬を片手で摑んだ。それから品定めでもするかのように、波多野の顔を見つめ目を細める。

「ほおん……？　遠くからは見たことあったけど……おいおい。こうしてじっくり見ると冗談じゃねえんだけど。可愛いんだけど」

頬を摑まれ、唇を「う」の形にしたまま会釈する波多野。

いなみはニャァと口の端を釣り上げる。

「何だ、豚童っつっても、けっこー人じゃんな？ つまんな」

瞬間、いなみの頭の天辺にゲンコツが振り下ろされた。

衝撃に目を丸くし、「いっ」と悲鳴を上げるいなみ。

「いなっ。あんたお客さんに失礼なことしないよ」

「……してねえし」

母親に叱られ、いなみはトボトボと食卓に着く。

母親が手に持って来たのは、切ったヘチマに豆腐を絡めたナーベーラー炒めだった。食卓にはすでに、ゴーヤーチャンプルーや母親の十八番《おはこ》、沖縄風チヂミとも言えるヒラヤーチーが運ばれている。

波多野は立ち上がり、台所へ戻る母親の背に声を上げた。

「あのっ、私もお手伝いします」

「あら、いいのよ。お客さんは座っときなさい」

波多野の前に置かれたグラスに、依子が拙《つたな》い手つきで、さんぴん茶を注いだ。琥珀《こはく》色に輝くグラスで、カランと氷が沈む。

「はい、お客さん！」

「……あ、ありがとう」

仕方なく波多野は再び膝を曲げ、さんぴん茶の前に正座した。

雨戸も網戸もガラス戸も、すべて開け放した赤瓦屋根の民家には、蒸し暑い夏の夜でも夜風が通り抜ける。縁側に置かれた蚊取り線香の煙がふわりと掻き消え、風鈴の音が鳴った。

つけっぱなしのテレビでは野球中継が放送されていて、アナウンサーが早口に、試合の熱い展開を伝えている。

「いただきます！」

山城家の面々と波多野は、両手を合わせて声をそろえた。

ヨナや依子、いなみは競い合うように大皿へと箸を伸ばす。

母親は波多野に苦笑いをした。

「何もご馳走《クワッチー》じゃないけどねえ」

「いいえ、充分にご馳走です」

母親に微笑みを返し、波多野は自分の持つ箸を見下ろす。持ち手が赤で先が黄色の、沖縄独特の色鮮やかな箸だ。これ一つとっても、長く東京で暮らした波多野にとっては懐かしい。

最初に波多野が手に取ったのは、お吸い物である。

「美味しそう……」

固める前の豆腐を温め、カツオだしで味付けされたゆしどうふ。

目を伏せて、鼻先をくすぐるカツオだしの香りを楽しむ。

しかしお椀を唇の前に持ってきた波多野は、口を付けるのを躊躇《ためら》って手を止めた。

「どうしたの、清子ちゃん。お口に合わないかね」

「……いえ。おいしそうです……けど」

波多野はチラと隣のヨナを横目に見た。黒子が来ないよう見張っていてくれるはずのヨナは、ご飯の上にチャンプルーを運ぶのに夢中になっていた。

波多野は静かに箸を置き、食卓の下でヨナの膝を殴る。

「アガッ。何《ヌー》？　ゴーヤーか？　ちゃんとあるよ、お前の分も」

波多野は眉根を寄せて、ヨナに顔を近づける。

「……あんたね、見張っといてくれるんじゃなかったの？」

「ああー……。ん、大丈夫。いねえ」

ヨナは、テーブルの下や周りを見渡してから答える。

「つーかさ、俺が毒味してやろっか？　その〝よどみ〟ってやつマズいの？」

「……死ぬほどマズいわ。もう一口で、あっ、これ〝よどみ〟だってわかるくらい」

「ふうん。ちょっと食わしてみ？」

ヨナは波多野の手から、ひょいとお椀を取り上げた。波多野は慌てて取り返す。

「ダメっ！　これは私のなんだから！」

「仲良いのねえ、二人とも」と朗らかに笑う母親には、「そんなことありません！」と否定して声を上げる。

いなみがお椀を片手に、ヨナへと箸を差した。

「おい、お前ら付き合ってんじゃねえだろうなっ！」

「付き合ってねえし。いや何でそこでいな姉がキレんだよ……」

「ったりめえだろうが。ヨナのくせに姉より先に幸せになろうとしてんじゃねえぞ」

「まじ面倒くせえわ、あいつ……」

苦い顔をするヨナの隣で、波多野は意を決した。お椀の縁に唇を付け、ずず……とゆしどうふをすする。口内に広がるカツオだしの風味。

滑らかな口触りを堪能すべく目を閉じた。

「……おいしい」

幸せを嚙み締めるようにつぶやく。

と、山城家の面々から向けられた視線に気づき、ハッと鼻を隠した。

「や、何？　私、豚になってた……？」

戸惑う波多野に、ヨナは首を横に振る。

「大丈夫。変わんないよ、お前は」

祖父が声を上げて笑った。

「この子は《クヌワラバーヤ》、何《ヌー》でおいしそうに食べる《ガアンシマーサギサーシ》んだろうね《カムガヤ》」

いなみもまた「そんなにうまいか、これ」と笑ったが、母親は目尻を拭っていた。

「そんなして喜んで食べてくれるなんて、作る方も嬉しいさ」

「清子ネーネー！」と依子が立ち上がり、小皿にのせたヒラヤーチーを押しつける。

「これも食べていいよ？　依子の」

「こら、依子。食べかけじゃねえか」

ヨナが叱るそばで波多野はヒラヤーチーを箸で摘み上げ、口に放る。

「うん。これもおいしいっ」

頬に手を添え、満面の笑みを浮かべる波多野。

嘘偽りのないその笑顔は、見ている者を幸せにする。

依子が手を叩いて喜んでいた。波多野が笑えば、周りも笑う。

またその笑顔を見られたこと。ヨナにはそれが、堪らなく嬉しかった。

居間にある扇風機に鼻先を近づけて、依子が「あー」と声を震わせている。一糸まとわぬ全裸姿に、母親の怒声が浴びせられた。

「依子！　あんた体拭きなさい。風邪ひくよ、すぐ」

「今乾かしてるのにー！」

「はっさ、体を扇風機で乾かす人がいるね？　言うこと聞かんかったら、メーゴーサーしようねえ、だあっ」

バスタオルを両手に広げた母親が走ってきて、それに気づいた依子はケラケラと笑いながら部屋の奥へ駆けていく。ドタバタと足音が響いていたが、すぐに部屋の奥から泣き声が聞こえてきた。依子がメーゴーサー――つまりゲンコツを食らったのだろう。

「いい家族ね」

縁側で膝を抱える波多野が微笑んだ。

指先に摘むアイスキャンディーが溶け、ぽたりと石段に垂れる。

「そうか？　ウザくて堪んねえよ」

波多野の隣で胡坐をかくヨナもまた、アイスキャンディーを舐《な》めながら答える。

二人は縁側に腰かけて、波多野の母親が迎えに来るのを待っていた。ヨナの父が送る予定だったが、これ以上迷惑はかけられないと、電話先で母親が断ったのだ。

外灯の少ない島ではあるが、月の出ている夜は明るい。

空に煌々《こうこう》と浮かぶ月は、音もなく夜を溶かしている。

ヨナは制服を脱ぎTシャツ姿となっていたが、波多野はいまだ体操着姿だった。短パンから伸びた太ももは、月明かりを受けて発光しているかのように白い。

隣の家から、三線の音色が聞こえていた。昼は陽気な『ハイサイおじさん』だったが、今は空気を読んだのか、スローテンポな『ハイサイおじさん』だった。本当にそれしか弾けないのかもしれない。

「こんな家、俺は早く出たい」

「島を出るってこと？」

「ああ、東京に行く。東京の高校を受験する。兄ちゃんは高校を卒業してから島を出たけど、俺はもっと早く出たい。今すぐにでもさ」

「へえ。何しに？」

「何しにって……一人暮らししにだよ」

「何それ。わざわざ東京で一人暮らしまでして、何がしたいのかって訊いたんだけど」

「だから……通いたいぱーよ。高校に」

ヨナは言い淀《よど》み、視線を下げた。

その横顔に、波多野はアイスキャンディーの先端を向ける。

「それは手段だわ。目的じゃない。だいたい、受験ってそう簡単なものじゃないのよ。高校も大学も、向こうはこっちに比べて学力レベルも高いんだから。お金だってかかるし。

ご両親は何て言ってるの？」

「……親には言ってない。絶対反対するから」

両親が上京をよく思っていないことは知っている。ヨナは、東京の専門学校に進学すると決めた兄と父親が怒鳴り合うのを、すぐそばで見ていたのだから。

「だから、金は自分で何とかする。映画を作って、賞を取るんだ」

波多野は後ろに回した腕にもたれ、足を伸ばした。

「呆れた」

「お前も無理だって思うのか？　やってみなきゃわかんないだろ」

「私が呆れたのはそこじゃないわ。あんたの無鉄砲さと無計画さよ。目的もなく上京するなんて。東京はそんなに甘い街じゃないんだから」

「……お前、ときどきすげえ年上に見えるよ」

縁側に座る二人の影が、庭先に伸びている。波多野に呆れられたヨナを嘲《あざけ》るように、天井裏でヤモリが笑った。ケッ、ケッ、ケッ、ケッ――。

「甘い街じゃないのは知ってる。……けど、ここよりはマシだろ」

「隣の芝生は青く見えるものよ」

「隣じゃねえよ。ずーっと先にあるから憧れんだ」

飛行機なら五時間。フェリーなら二日と一一時間三〇分。ドロシーが夢見たオズの国のように。東京は、虹の向こうにある。

「自分の将来を考えるとゾッとする。生まれてから死ぬまでずっとこんな小さな島でさ。同じ人たちとの同じ暮らしが永遠に続くんだなって考えると。こんなつまらない島にいたら、俺だってつまらないままだ。だから環境を変えたいんだ。変えればきっと俺だって変われる。お前だって島を出て——」

ヨナは一瞬躊躇ったが、思い切って口にした。

「神隠しにあったお前だって、島を出て変われたんだろ。豚に呪われたって、立派な優等生になれた。それだけのすっげえ何かが、東京にあるってことだろ?」

「ふん。私が変われたのは、私が変わろうと努力したからだわ。豚童の呪いに負けたくないと思ったから、みんなと同じような、普通の暮らしをするために頑張ったの」

ヨナは、月明かりに照らされたその横顔を覗き見る。

「……まあ確かにお前は、強いよな。クラス中が噂してて居づらいだろうに、ちゃんと学校に来るし。この島に来たのだって、黒子と戦うためだし」

波多野は強い。波多野の過去の話を聞いて、ヨナはよりそう思った。

独りぼっちで戦う、勇敢な女の子。今でもその印象は変わらない。

「そうよ。波多野清子は強いんだから。豚の呪いになんか負けないわ」

シャク、と波多野はアイスキャンディーをかじる。

「だから私は……幸せになることを諦めない。ママが私を諦めなかったように」

「母ちゃん？」

「ママは私のこと、豚童になってしまったからといって、諦めたりなんかしなかった。〝よどみ〟なんて食べる必要はないって。誰かの穢れなんて、引き受ける必要なんかないって。あなたは、あなた自身の幸せを考えて、やりたいように生きなさいって、私が思い悩まないように、ずっと明るく接してくれてた。だから、応えなきゃ」

しかし波多野の話す母親像は、ヨナの抱いたものとは違う。

「にしたって自分の娘に〝普通の子と違う〟なんてさ。ひどすぎないか？」

あの母親はヨナに襲いかかった波多野を見て、顔を青ざめさせていた。ヨナの怪我を過剰に心配していたのも、大豚に化ける波多野の特異性を知っていたからだ。

波多野の味方をしたつもりのヨナだったが、波多野は「やめてよ」と機嫌を悪くした。

「ママを悪く言わないで。ママが変わっちゃったのは……黒子たちが現れ始めてからだわ。きっと心配してるの。これ以上、私たちの生活が壊れちゃうのを」

波多野はうつむき、声を小さくする。

「だから早く……決着をつけなきゃ。黒子をちゃんと食べて、終わらせる」

「食べられるのか？　今日食べたのが、やっと一体目だったんだろ？」

「食べるしかないでしょ。きっと大丈夫。今日食べたのでコツを摑んだの。怒ればいいのよ。怒りで我を忘れて、こいつ食ってやるって思うの！」

それでは完全に怪物だとヨナは思ったが、口には出さなかった。

代わりに笑って、「俺も手伝うよ」と手を挙げる。しょんぼりうつむいている顔は見たくない。怪物だろうが豚だろうが、そんな勇ましい姿こそ、波多野らしいと思う。

「だからお前さ、給食くらいはちゃんと食えよ」

「嫌よ。教室で変身しちゃうのは避けたいの」

「けど食べる時は食べんと。黒子《ヤシガ》が〝よどみ〟を混ぜようとしたら、俺が教えてやるから」

「あんたじゃ不安だわ」

「頑張るよ、ちゃんと。お前も頑張ってんだろ。じゃ俺も頑張る」

「……何で？」

波多野は縁側から投げ出した両足の先を見つめて、尋ねた。

「何でそんなにまでして、私に食べさせたいわけ？」

「何でって……食べてる時のお前の顔、好きだから？」

「何それ。告白？」

「――え。いや、別に、全然そんなつもりじゃねえし！　俺はただ、その笑ってる顔をカメラに収めたいって……お前にドロシーをやって欲しいってだけで……！」

「ふうん。出ないからね、映画には」

「……わかってるよ」

「……ねえ。ドロシーってどういう子？」

波多野は抱きかかえた膝に頭をのせて、ヨナを見つめた。

「観たことないば？　『オズの魔法使い』。あんなにドロシーの気持ち歌えてたのに」

「歌だけは知ってるわ。あれはあれで有名だもの。けどお話は何となくしか知らない」

「うーん……。ドロシーは……」

ヨナは腕組みして考える。

これは波多野に、ドロシー役を気に入ってもらえるチャンスかもしれない。

「ドロシーってのはすっげえ可愛くて、優しくて。誰からも好かれるような明るい子だよ。カカシもブリキもライオンも、みんなドロシーに惹かれて一緒に旅をするんだ」

「ふうん。そう」

ヨナはドロシーがどれだけ魅力的なキャラクターかを語った。

しかし波多野は曖昧な笑みを浮かべたまま、「私とは正反対ね」と声を沈める。

「私がドロシーだったら、きっと誰も付いて来てくれないわ」

波多野らしくない弱気な言葉に、ヨナは焦った。

「豚童だからか？　そんなことねえよ。みんな誤解してるんだ。本当のお前は、タンナフアクルーを食べてるお前は普通の……いや、普通以上に可愛くて――」

「違うの」

波多野は毅然とヨナの言葉をはねつける。

「あなたの見たその姿だって……私が頑張って作った私なの」

「……？」

ヨナは意味がわからず眉根を寄せる。

その顔を瞳に映し、波多野はつぶやく。

「私は……。もっと大きな秘密を隠してる。それを知ればあなたはもう、一緒に映画を撮ろうなんて言わなくなるわ。だから私は、ドロシーを演じることなんてできない」

「秘密……？　じゃそれ、教えてくれよ。言ってくんなきゃわかんねえだろ」

「言いたくない。あなたがわかる必要なんてないわ」

波多野はゆっくりとまばたきをして、ヨナから視線を外した。

「私はドロシーじゃない。あなたはそれだけ知っておいてくれれば、それでいいの」

そう言って波多野は向こうを向いて、抱えた膝に顔をうずめる。

そっぽを向かれてしまっては、ヨナもそれ以上質問することはできなかった。

ケッ、ケッ、ケッ、ケッ――。

黙ってしまった二人の代わりに、天井裏でヤモリが笑う。

やがて門の向こうに波多野の母親が現れて、波多野は「ママ」と立ち上がった。

母親は波多野のそばにヨナを見つけ、深々と頭を下げた。

×　×　×

一学期も残りあと三日となった。

終業式が終われば豚祭り《ウワーウマチー》があり、その翌日から夏休みが始まる。

もう関わらない。マルやアキ坊とはそう決めたはずだったが、ヨナは二人とつるむよりも、波多野のそばにいることが多くなっていた。登校すれば「おはよう」と挨拶し、休み時間になるたび波多野の席に出向く。波多野の態度は以前と変わらず辛辣《しんらつ》なままだったから、二人は一緒にいるというよりも、ヨナが一方的に付きまとっているように見える。

しかしそれでも波多野はヨナを追い払おうとはしなかったし、ヨナが授業で躓《つまず》いた箇所を尋ねてくれれば教えてやった。

波多野とヨナの学力の差は、そのまま東京と島との学力の差でもあった。

「こんな問題も解けないんじゃ、絶対に東京の高校なんて受からないわ」「それで頑張ってるつもり?」「基礎からやり直しね、全然ダメ」「参考書貸してあげるから、熟読なさい」

波多野はぷりぷり怒りながらも、ヨナに丁寧に問題を解説した。

給食時間になるとヨナは自分の机を持ち上げて、波多野の席に添えた。窓際で二人は向かい合わせに座り、給食を食べる。

ヨナは配膳時から波多野のトレイを見張り、黒子がいないか確認した。

「なあ……ちょっと思ったんだけど。お前が島を離れてた七年の間、〝よどみ〟は誰が食べてたんだ……？」

「誰も食べてないわ。亀井のお婆ちゃんが言うには、私がいない間に発生した〝よどみ〟は、大きな器に溜めてあるんだって。それを黒子たちは、少しずつ私の食べ物に混ぜて消費しようとしてるのよ」

ヨナに見守られながら、波多野はそっとスプーンを口に運んだ。

〝よどみ〟は黒いため、黒い食べ物は特に注意が必要だった。

「そのもずく、大丈夫か？」

波多野が持つプラスチックカップをあごで差し、ヨナが尋ねる。

「大丈夫よ。パックされてるものは比較的安全なんだから」

「んん……。でも黒いのはちょっと心配だな……。味見してやろうか」

ビニール蓋を剥がしたばかりの波多野は、もずくを手元に寄せてヨナを睨みつけた。

「嫌よ。何であんたと分け合わないといけないわけ？　まるで仲良しこよしじゃない」

険しい顔をした波多野も、もずくをチュルチュルとすると、ふにゃりと相好《そうごう》を崩す。その表情はやはり幸せそうで、ヨナも〝よどみ〟がついていないことに安心する。

「……何あれ。仲良しこよしじゃない」

そんな二人を、八重子とマル、アキ坊は離れたところで給食を囲みながら眺めていた。

「あの二人、いつの間にあんなに仲良くなったの？」

尋ねる八重子だが、マルにもアキ坊にもわからない。いまだ松葉杖のアキ坊の骨折が、波多野をかばってのものだということはすでに周知の事実だ。しかし波多野の異常な体重に関しては、二人とも口を噤んでいた。

波多野清子には何かある。関わるのは危険だ。距離を置こう。それが三人で話し合った結果であるはずだった。なのにその逆を行くヨナの行動を、マルもアキ坊も訝《いぶか》しむ。

マルは苦笑いを浮かべて小首を傾げ、アキ坊は「ほっとけよ」ともずくの蓋を剝がした。


その日の放課後、波多野の部活が終わるのを待っていたヨナは、校門の前でマルやアキ坊と遭遇した。目が合うと二人は足を止め、マルが「やあ」とぎこちない笑みを浮かべる。

「よお。今帰り？」

ヨナは普段通りに話しかけるが、アキ坊は松葉杖に体重を乗せて、仏頂面で尋ねる。

「……お前さあ、何のつもり？」

「何が？」

「波多野のことだよ。最近仲いいじゃん。お前も穢れてえの？」

それは忠告に違いなかったが、ヨナは笑い出した。

「すげえアホだな、穢《シニフラーヤサ》れなんてねえよ。あいつはそんなに危険じゃない」

「……は？　俺、足折られてんだけど」

「あれは事故だろ？　穢れるとか……あいつのこと知らないから、そんなこと言えんだ」

「何？　お前は知ってんの？」

「まあ、お前よりはな」

ぴりとひりつく険悪なムードに、二人の間でマルが戸惑う。

ヨナの言葉を待っていたアキ坊だったが、やがて深いため息をついた。

「……言えねえんだな」

ヨナは目を伏せる。いくら親友だとは言え、人の秘密をやすやすと明かすわけにはいかない。

「今は何とも。けどもう一押しで、波多野に映画に出てもらえるかもしんねえ。そしたらさ、まあ、話せるかはわかんねえけど――」

「撮らねえよ」

ヨナの言葉を遮って、アキ坊は言い放った。

「撮れるわけないだろ。そんな得体の知れない奴とさ。俺は降りるわ」

アキ坊は松葉杖をついて、ヨナを通り過ぎて行く。

一体何に対してなのか、マルが「ごめんね」とヨナに謝ってアキ坊の後を追う。

離れていく二人の後ろ姿を、ヨナは黙って見送った。


「あんたの名前さ、米輔っていうんでしょ？　なのにどうして〝ヨナ〟って呼ばれてるの？」

翌日に終業式を迎えた、一学期最後の給食時間。ふっくらと丸いパンが二つ頬を寄せるようにくっついた〝なかよしパン〟をちぎりながら、波多野は尋ねた。

「ヨネスケ、なんだから普通、〝ヨネ〟じゃないの？」

「さあ。呼ぶのは俺じゃねえしな。最初はヨネだった気がするけど。ヨナの方が呼びやすいんじゃね？」

「ふうん。適当なのね」

「適当だろ。この島の奴らは、みんな適当なあだ名があるんだ。アキラはアキ坊って呼ばれてるし、マルは……丸山清《まるやまきよし》だけど、丸いからマル。……いや、名字が丸山だからかな？　適当だからわかんねえや」

「ふうん」

パンをちぎって口に運ぶ波多野を、ヨナは正面から見つめる。

「そういや、お前はないよな、あだ名。考えてやろうか？」

「いらないわ、そんなの」

言いながらも波多野は、ちらとヨナを一瞥する。どこか期待しているような眼差しである。

「うーん。重いから……オモノ」

「踏み潰されたいの？」

波多野はヨナを睨みつけ、紙パックの牛乳を手に取った。

細いストローを咥《くわ》える波多野。しかし次の瞬間、その表情が変わった。

「っ……!?」

トレイの上に牛乳が吐き出される。ヨナは驚いて席を立った。

「何だ、どうした？」

顔を歪ませた波多野が、「……にがい」とつぶやく。

見れば吐き出された牛乳は、黒く濁っている。ヨナの背にゾクリと怖気が走った。

「牛乳に……混ぜられてたのか……？」

〝よどみ〟は、紙パックで中の見えない牛乳に混入されていた。

波多野の体重が急激に増え、ミシミシと椅子が軋む。

亀井商店の青いベンチを破壊した時と同じように、座っていた椅子が潰れ、波多野は床に尻餅をついた。破砕音に気づいたクラスメイトやアンダーソンが、何事かと視線を向ける。

「やだっ……」

波多野は、慌てて鼻を手で覆い隠した。黒髪から覗く耳がぽん、と豚のものとなり、不自然に尖る。ヨナは波多野の後ろに回り込み、両手で波多野の耳を押さえ隠した。

「先生っ！　波多野が気分悪いって！　保健室連れてく！」

叫んだヨナは、今度は波多野の耳元に囁いた。

「立て波多野っ。行くぞ」

鼻を隠す波多野の両耳を、左右からヨナが押さえた奇妙な体勢のまま、二人は教室から逃げ出した。背中にクラスメイトたちの視線が刺さる。

廊下に誰もいないことを確認してから、ヨナは波多野の耳から手を離した。

波多野は前屈みとなり、冷や汗をかいて青ざめている。

「大丈夫か？　豚になるのか？」

「……すぐに吐き出したから大丈夫だと思う。飲み込んではいないわ……ちょっとしか」

真っ直ぐ伸びた廊下の向こうで、学校指定の割烹着を着た黒子たちが、ガッツポーズを取っていた。

「あいつら……!」

ヨナが足を踏み出すと、黒子たちは散り散りに逃げていく。

「待って、ちょっと……」

波多野の声を背中に聞いたが、ヨナは構わず走り出した。

廊下を駆け抜けた先——一体の黒子が階段の裏に逃げ込むのを確認する。

バカめ、とヨナはほくそ笑む。階段の裏は行き止まり。ヨナは階段下へ走り、体を丸めて息を潜める黒子の背中に飛びついた。

「捕まえたっ! 捕まえたぞ、波多野! こっちだ」

細い体に、黒い頭巾を被ったような姿。初めて見た時は恐怖を覚えた黒子も、こうして触って捕まえられるとわかると、そう恐ろしくもない。

ジタバタと暴れる黒子を羽交い締めにしていると、間もなくして波多野が追いついた。

額に汗を浮かべ、豚鼻を隠しながら波多野は、眉根を寄せて黒子を見下ろす。

「今だ、波多野。俺が押さえてるから、食え!」

「ふう、ふう……ふう……」

ヨナは黒子を押さえるので精一杯だったが、波多野は表情を歪ませ立ち尽くしたまま、なかなか動こうとはしない。

「何してんだ、早く! 怒るんだろ? 我を忘れるくらい怒って、嚙みつけ!」

「……わかってる。ちゃんと、怒ってるわ」

「じゃなんで食わねえんだ、逃げちまうぞ！」

「怒ってるもん！　食ってやるっ！　食ってやるんだから……！」

唇を結び、スカートを握りしめて、波多野は黒子に叫んだ。しかし――。

「ぐぅ……！」

その言葉とは裏腹に、波多野は固く瞼を閉じて、しゃがみ込んでしまった。

「……怒ってるけど……イヤ。私やっぱり、食べられない……！」

黒子は暴れ、いよいよヨナの腕をすり抜けて廊下へ逃げていく。

ヨナは立ち上がり、屈んだ波多野を見下ろす。

「波多野……」

「……私は、人間よ。こんな姿をしていても、ちゃんと、人間なんだから……」

波多野は両手で顔を覆い、肩を震わせつぶやいた。


ヨナは波多野を保健室へ連れて行った。

幸いにも、保健室には誰もいなかった。耳と鼻が豚となってしまった波多野は、増えた体重でベッドをも破壊しかねない。ヨナは波多野をソファーに寝かせる。

「もう大丈夫だから」と、ヨナは教室へ戻るよう波多野に言われた。

五時限目の授業が終わる頃、波多野はいつもの姿となって帰ってきた。しかしその顔はしょんぼりとうつむいていて、弱々しかった。

× × ×

保健室に、ママが来たのだと言った。

給食時間に倒れた波多野を心配し、アンダーソンが連絡したのだ。

二人きりの保健室で、波多野から事情を聞いた母親は、危うく豚に変身しそうになった波多野を叱るでもなく、ただ一つ、深いため息をついたという。溜まりに溜まった疲れを一塊にして吐き出したような、そんなため息だったと波多野は言った。

吐き出したところで、母親の表情から憂鬱は消えなかったようではあるが。

「無理して学校に通わなくてもいいって。そう言われちゃった」

波多野は海沿いの県道333号線を、一定のスピードを保って歩く。

沈みゆく夕日に照らされ、真っ赤に染まった歩道をスタスタと。後ろ手にフルートのケースを持ち、背筋を正して歩く波多野の後ろ姿を、ヨナはつかず離れず歩いて追いかけた。

放課後、帰りの会が終わる頃になれば、波多野の態度や表情は、いつもと同じものに戻っていた。クールビューティー波多野は強いから、弱音など吐かない。気弱な時こそ背筋を伸ばし、胸を張って歩くのだ。

吹き抜ける潮風が、ふわりと波多野の長い黒髪をなびかせる。

「ケンカしちゃったなあ」

波多野はつぶやいた。それから夕空を見上げる。

「つらいんなら、黒子も食べなくていいんだって。つらいんなら、頑張らなくていいんだって。ママは知らないんだわ。そう言われるのが一番、つらいんだってこと」

「……だってお前。黒子を食べなかったら、いつまでも東京には戻れないだろ……」

「うん。だからね。この島で暮らすのも、一つの手」

「……」

「呪いを受け入れて、ウヮーガナシーの代わりにちゃんと〝よどみ〟を食べて、豚童《ウヮーワラバー》としてこの島で生きる。それもまた選択肢の一つなんだって」

「……何言ってんだよ、ダメだ。だってお前は、頑張ってきたんだ。豚童としてじゃなく、ちゃんと普通の人間として幸せになるために。お前の母ちゃんはそれをずっとそばで見てきたはずだろ！　何でそんなこと言うんだよ」

「うん……何でだろうね」

波多野は見上げた夕空の、たゆたう赤い雲につぶやく。

「この島に来てから、ママは『勉強しなさい』って言わなくなったわ。東京の話も、将来の話もしなくなった。ママは私を、諦めちゃったのかな」

「……」

寄せては返す波の音。家路につくカラスの鳴き声。滅多に車の通らない県道333号線は、斜陽に照らされどこか物寂しげだった。

ヨナはかける言葉を探したが、見つからない。

こんな時、兄なら何と言って波多野を慰めるだろう。

まだ幼い頃、母親を亡くしたマルが、そのショックからまったく喋らなくなったことがあった。そんなマルに何と声をかけていいかわからず、ヨナは兄に相談した。「慰めの言葉など野暮だ」だからそばにいるだけでいいのだと、兄は言った。

そばにいるだけでも、伝えられるものはあるのだと。

「なあ、波多野」

振り向いた波多野に提案する。

「寄り道して行こうぜ。浜に下りよう」

「何でよ。私は泳げないって言ったでしょ」

「これだから都会っ子は。海ってのは別に、泳げなくったって遊べるんだぜ」

ひと気のない浜辺に、二つの足跡が点々と伸びていく。ローファーの靴底の模様がくっきり残る足跡は、波打ち際近くになって裸足の形となった。

「きゃあ……！」

寄せて来る波から逃げる波多野は、足をもつれさせて派手に転んだ。

転んだ波多野を海水が浸し、制服を濡らす。

「ぎゃああっ……！」

慌てて立ち上がる波多野。転んだことで砂場にできた窪みは、その体が重いが故に深い。

人型の水たまりを指差しヨナは、「ダムができた」と笑った。

「波多野ダムと名付けよう」

「名付けるな！」

ヨナは顔に砂の塊をぶつけられ、仰向けに倒れる。

「ああもう！　全身びしょ濡れだわ……。だから海なんて嫌だったのに。ママに怒られちゃうじゃない」

「いいじゃん。どうせケンカしてんだろ」

体を起こしたヨナを、波多野は睨みつける。

「何よ、他人事だと思って」

「他人事だよ。だから言えるんだ。どうせならとことんケンカすれば？　この悪ガキ《ヤナワラバー》って怒鳴られたりしてさ。俺なんて年中言われてるぜ」

「バカじゃないの。私はあんたと違って優等生なんだから。優等生であるために、努力してきたんだからっ！」

再び投げられた砂の塊を、ヨナは避ける。

「勉強だってできるわ！　数学なんて、向こうの学校でも学年一位だったんだから。運動神経だって抜群なの。走るの結構速いし、ドッジボールだって、いつも最後まで残るわっ」

次々と投げられる砂の塊を、ヨナは避け続けた。

「はは。投げるのは下手だな。全然当たん――」

顔面に投げつけられた砂の塊が弾け、ヨナに言葉を飲み込ませる。

波多野の砂の塊は止まらない。尚もヨナに投げられ続ける。

「フルートだって一生懸命練習してたし。歌だって上手なんだからっ」

投げられた一際大きな塊を、ヨナは両手で受け止めた。

「歌は知ってる。お前の歌声は最高だった」

「そうよ。それに……美人だし」

「おお。自分で言うのな」

「言うわ。向こうでも私は、モテモテだったんだから。告白された回数は数知れずよ！

下駄箱や机の中にはしょっちゅう手紙が入ってたし、クリスマスとかバレンタインデーとか、やたら視線感じて、こっちがソワソワしちゃうくらいだったわ……！」

　叫んで波多野は投げるのをやめ、うつむいた。

「うまくいってたのに。黒子なんてものが、現れる前までは……」

「波多野……？」

「何なの？　どうしてうまくいかないの？　これ以上、何を頑張ればいいっていうの？　私は変わったわ。こんなにも優等生よ。自慢の娘よ。なのにどうして。どうしてママは笑ってくれないの？　どうしてっ！　私に隠れて、泣いたりするのよっ！」

濡れたスカートの裾を握りしめ、波多野は唇を強く結ぶ。

「私だって。私だって……泣きたいのに……」

波の音を遮って、帰宅を促す町内放送が響き渡る。

——六時になりました。よい子の皆さんは、日が暮れるまでに帰りましょう。

「泣けよ」とヨナは言った。

「聞こえねえよ。『てぃんさぐぬ花』しか」

空に響き渡るメロディに、波多野の鼻をすする音が混じった。

「ぐ……。んん……」

沈み行く夕日に照らされて、波多野は涙ぐむ。

顔を伏せ、手の甲で目尻を拭いて。

その姿に、ヨナは背を向けた。斜陽に煌めく波多野の涙は、きっと綺麗なんだと思う。見てみたいと思う。しかし今は、背を向ける。その泣き声を、聞こえないふりをする。慰めの言葉など野暮だ。

程なくして二度目の放送が流れても、二人は浜辺に佇んだまま。

波多野は帰ろうとしなかったし、それならばヨナも、波多野のそばにいたいと思った。

日が落ちると、浜辺は暗闇に包まれた。県道333号線沿いに点々と伸びる外灯に背を向けて、ヨナと波多野は海を見つめて座り続けた。

大人たちに見つかれば、確実に叱られてしまう時間帯だ。家に帰ればゲンコツどころでは済まないかもしれない。しかしそれでもヨナは、波多野を置いて帰る気にはなれなかった。

月は厚い雲に覆われて、水平線と空との境界が黒い闇に塗りつぶされている。遥か向こうに船でも浮かんでいるのか、暗がりの中に小さな光が明滅していた。

頼りないランプは今にも闇に飲み込まれてしまいそうで、心細くなる。

「私もう……ミルクさえ気楽に飲めないのね」

「……悪い、波多野。牛乳は見落としてた」

「別にあんたを責めてるわけじゃないわ。私だって油断してた。まさか、密封された牛乳パックにまで混ぜてくるなんて。穴でも開けたのかしら」

どれだけ気をつけても、黒子たちはあの手この手で〝よどみ〟を波多野に食べさせようとしてくる。波多野が食事を続ける以上、片時も油断はできないのだ。

ヨナは改めて確認する。

「ええと……黒い食べ物の他に、パックものも危険なんだな。まあ明日が終われば夏休みだから、気をつけるのは二学期からか」

「……〝よどみ〟を食べたら大豚。かといって黒子を食べたら、それはそれで怪物だわ。ふふ。私はどう転んだって、人間にはなれないのね」

「……」

二人が黙り込むと、波の音がやけに大きく聞こえた。

「……夜の海って、何だか怖い」

つぶやいた波多野の物憂げな横顔を、ヨナは覗き見る。

泣き腫らして赤く染まった目尻を長い睫毛で隠し、波多野はじっと、海を見つめている。肌の白い波多野の存在は、暗い闇の中にあって、ぼんやりと輝いてさえ見えた。

この華奢《きゃしゃ》な少女が、黒く醜い大豚へと変身する。目の前で見ておきながら、いまだ信じられない現象だ。

あれだけ恐ろしい姿に変身する波多野でさえ、夜の海は怖いと言う。自分と同じように、目の前に広がるこの闇夜を、恐ろしいと感じるのだ。同じものを見て同じものを感じるなら、波多野はやはり豚ではない。豚童と呼ばれているだけの、自分と同じ人間だ。

膝を抱えた波多野が不意に、メロディを口ずさんだ。

「――サァム、ホェーア、オォバザレインボウ……ウェイアーップ、ハーイ……」

ミュージカル映画『オズの魔法使い』でドロシーが歌った、『虹の彼方に』のフレーズだ。

「……どこか遠くに、信じた夢がすべて叶うような国がある。そう願う気持ち、私にもわかる。ドロシーもきっとこんな気持ちだったのね」

「……やっぱドロシーじゃん」

「違うし。私はただ……寂しいだけよ」

おや、とヨナは視線を向ける。さすがに今日の波多野は、気弱な様子だ。

ヨナは波多野の弱音を吹き飛ばそうと、笑ってみせた。

「はは。言うなよそんな、寂しがり屋のウヮーガナシーみたいなこと」

「……あの子は……親の愛を知らないのよ」

「親？　その神様にも親がいるのか」

波多野は抱えた膝の間に顔をうずめ、ぽつりと答える。

「いいえ、いないわ。ウヮーガナシーって神様はね？　〝よどみ〟を食べて大きく黒く濁ったあと、寿命をまっとうして、最後には〝よどみ〟ごと死んでしまうの。そうして今度はまた新たな子豚として、転生するんだって」

「子豚ってことは……白いやつ？」

「そう。言わばセルフ転生ね。けど子豚は前世の記憶を持っていない。ただわかっているのは、自分が〝よどみ〟を食べるために生まれた神様だってことだけ。ずーっと昔から転生を繰り返して〝よどみ〟を食べ続ける子豚には、家族がいないのよ。だからあの子は寂しくて……私に会いに来たんだわ」

「へえ……。波多野お前、やけに詳しいんだな」

「亀井のお婆ちゃんにいろいろ教えてもらったからね。私のせいであの子は死んだんだから、さすがに知らず存ぜずじゃいられないでしょ」

「ふうん。けどさ、おかしくねえか？」

「何が？」と顔を上げる波多野の隣で、ヨナは腕組みをする。

「神様ってのは、何もその豚だけじゃないんだろ？　どうしてそいつばかりが〝よどみ〟を食べなきゃいけないんだ」

「……だって。そういう神様なんだもの。食べるのはウヮーガナシーだって、そういう決まりなんだもの」

「決まりが何だ。豚、可哀想じゃねえか。しかもそいつが死んでからは、今度は人間である波多野に役目を押し付けてる。こんなの、どう考えたっておかしいだろ？　他の神様がさ、食えばいいんだよ」

　ヨナは大きく頷いて波多野を見つめる。

「そうだよ。黒子たちを送ってんのは沖縄の神様たちなんだよな？　じゃ直接さ、その神様に言ってやればいいんだ。もうやめろって」

「もう……やめろ？」

「おお。もういい加減にしろって、怒鳴ってやるばーよ。ふざけんな、〝よどみ〟なんて食わねえってさ。大豚の姿で暴れたら勝てるだろ、たぶん。戦おうぜ！　沖縄の神様と」

「何無茶言ってんの……。だいたい、どうやってその神様のとこへ行くのよ。黒子の後でもつける？　それは無理だからね。あいつらはいつの間にかいるし、いつの間にかいなくなる」

「マジか。じゃわからん」

「はあ。ちょっとでも期待した私がバカだったわ……」

　立ち上がり、スカートの砂をはたく波多野に、ヨナは再び声を張り上げた。

「わかった！　亀井のオバーに訊いてみよう！」

「……亀井のお婆ちゃん？」

「ああ。お前も知ってるんだろ？　ありゃだいぶボケてるけど一応、ユタらしいからさ」

×　×　×

「ああん？　ニライカナイに行きたいんり？」

薄暗い駄菓子屋の中、レジ側の座布団に正座する亀井のオバーは、カッと目を見開いた。

左右の瞳の向きがバラバラで、一体どこを見ているのかわからない。それなのに、その大きく見開かれた瞳の前に立つ者は、どこか心を見透かされているような気持ちになる。

宇嘉見島に唯一ある駄菓子屋、亀井商店。狭い店内に所狭しと陳列する棚には半月に一度、石垣島から仕入れられる駄菓子の数々が並ぶ。

見上げた先にはスーパーボールの嵌められた厚紙や、カードの入った束。赤や黄色のビニールに包まれた、色鮮やかな駄菓子の数々がぶら下がっていた。

小さな店には駄菓子だけでなく、コマやこけし、紙風船なども一緒くたに並べられている。壁には何年か前のアニメキャラクターのお面がずらりと掛けられており、その満面の笑顔は白熱球一個灯る薄暗い駄菓子屋にあって、どことなく不気味に感じられた。

ヨナは波多野を連れて、浜辺からそのまま亀井商店を訪れた。

日が落ちて辺りは暗くなり、客もいないというのに、その駄菓子屋の引き戸は開いていた。

亀井のオバーはレジ側の定位置に座ったまま、頭を垂れてうたた寝をしていた。

しかしヨナと波多野が店内に足を踏み入れ、オバーの前に立った時、まるで二人の来店を予期していたかのように、すっと顔を上げたのだ。

「——日が落ちて《ティーダヌウチティ》、夜になったら《ユールニナレェ》、外に《フカカイ》出ては《インジテェ》いけないよ《ナランドゥ》……。決まり事とは島ぬ大事な掟やさ。それを破るにはそれだけの事情が必要やんど。して、出歩いてはいけない夜に、悪童たち《ヤナワラバーター》や何の秘め事かねえ……？」

オバーはうっすらと目を細め、ヨナと、その後ろに隠れるように立つ波多野を凝視する。

昼間でも陰気な亀井のオバーは、夜になるとその不気味さを更に増していた。

七年前、豚童《ウヮーワラバー》となった波多野の両親から相談を受けた亀井のオバーは、波多野の現状も承知している。波多野親子に、黒子を食べるよう助言したのもこのオバーなのだから話は早い。

オバーは波多野を豚童と呼んだ。

「豚童や。ちゃんと黒子は食ってるかね？」

そう尋ねながらお菓子入れの蓋を開け、乾燥梅の入った琥珀色のキャンディー——ドラゴン梅を口に放る。

「……いえ。やっぱり私、黒子は食べられない」

「じゃあどうするね。豚童として、ウヮーガナシーぬ役目ぐわぁ引き継ぐ覚悟ができたかい」

「オバー、それなんだけどさ」

ヨナは改めて、黒子に狙われ続ける波多野の学校生活や、その苦労を語った。〝よみ〟も、また黒子も食べない解決法を模索し、神様に直接話をつけたいと告げる。

するとオバーの口から出た単語が〝ニライカナイ〟——海の底にあると言われる、神々の住む異界の地である。

「は。神を叱りつけるんり？　まあ、黒子たーぐわぁ送り出すのは彼らに他ならないからね。やめさせるには、神を死なすしかないかもしれんねえ」

「いや、死なすっていうか……。お祈りしたら聞いてくれねえかな。偉いんだからさ」

「神を偉いと位置づけるのは、人間ぬ勝手やさ。あれらは何でも願いを聞いてくれる都合のいい存在じゃない。人間ぬ上でも下でもない、そばにいるもの。人間に近く、やしが人間ではない。それが沖縄《ウチナー》ぬ神々やさ」

「偉いわけじゃないなら……じゃ普通にお願いすれば聞いてくれんじゃね？　その、ニライカナイってのは、どうやって行くば？」

「……」

オバーは焦点の合わない瞳で、じっとヨナの顔を見つめた。

その視線に当てられると、気がそぞろになり落ち着かない。「何か言えよ」とヨナが口を開こうとしたその寸前、オバーはゴリッと口内の飴を噛み砕く。

「この子は、自分のやろうとしていることがわかっているのかね？　神々を敵に回してまで、命を賭してまで、お前《ヤー》やその童《ワラバー》ぐゎぁ助けたいば？」

「……当然だろ」

「あんたは《ヤーャ》？」

亀井のオバーは、次に波多野に尋ねた。

「あんたは《ヤーャ》豚童として与えられた役目を捨てて、それでも人間《ニンジン》になりたいわけ？　その役目を放ることで、多くの人間ぐゎぁが悲しみを拭いきれず、穢れていくことを知っていても尚、自分一人のわがままを押し通して、人間になりたいわけね？」

波多野は顔を上げ、オバーの瞳を見返した。

「……はい。私は、人間にならなきゃいけないんです。たとえそれが、間違った選択だとしても……」

オバーは「カカッ」と急に笑い出す。

「若いうちの選択に間違いなどないさ」

それからぺっと梅干しの種を吐き捨てた。

小さなゴミ箱には、種が山盛りとなっている。

「ニライカナイへの道は、島にいくつかある御嶽《ウタキ》から開ける。やしが人間ぐゎぁや悪戯に足を踏み入れても、偉い神々の集う城《グスク》には、近づけやしないだろうね。下っ端の神に取って食われるのが落ちやさ」

「何とか忍び込めないば……？　その城に」

「年に一度開かれる夜市なら、人間が紛れても誤魔化せるかもしれんね」

「夜市？　それ、いつ開かれんの……？」

「神々ぬ開く夜市に合わせて、くぬ島人《しまんちゅ》たーや祭りを行う。つまり夜市と、豚祭り《ウワーウマチー》や同じ日やさ」

島で行われる豚祭り。黒豚ウヮーガナシーを祀り上げるお祭りは年に一度、夏休みの直前に行われる。ヨナは固唾《かたず》を呑んだ。

「……明日かよ」

「足掻かんね、悪童《ヤナワラバー》」

亀井のオバーは不揃いな歯をのぞかせ、にやりと笑った。

「ちっぽけな《ヌーンナラン》人間が《ニンジンヌ》何かを変える《ヌーガナケーインディ》には、《イイントゥチネー》足掻くしかないのだから《アガカンネーナランドーヤ》」

第三話《ミーチ》　ニライカナイ

そのお面は大きく、被る者の肩まで覆い隠していた。

醜く上を向いた豚鼻に、ぎょろりとひん剝かれた目玉。掲げられた松明《たいまつ》の明かりを反射させ、漆黒の面はテラテラと光る。顔面のなだらかな隆起に沿って、隈取《くまど》りのような朱色のラインが引かれていた。

黒豚を模した面でありながら、その下顎からは猪のように湾曲した二本の牙が突き出ている。

アスファルトに伸びる影は、不格好で歪《いびつ》。頭でっかちの不気味なシルエットは、提灯《ちょうちん》の連なる一本道をのっしのっしと歩いていく。

黒豚ウヮーガナシーの周りを囲む女性たちは、緋袴《ひばかま》の巫女《みこ》装束姿である。羽衣のような薄い布をひらめかせ、面妖な振り付けの踊りを披露しながらともに練り歩く。

その後に続く全身真っ黒の衣装を着た踊り手たちが、太鼓のリズムに合わせて跳ねていた。彼らが松明を持って暴れるものだから、その火の粉が散る度に、見物客たちが騒ぎ立てる。

豚祭り《ウワーウマチー》の催し物の一つ、ウヮーガナシーの行進である。日が落ちてから出発した黒豚の一行は、ゆっくりと町を練り歩きながら、祭り会場へと向かっていく。

音楽を奏でる楽団や踊り子、松明持ちやノボリ持ち、そして列の最後尾には、アグーと呼ばれるまるまる太った本物の黒豚が六匹、首を繋がれ引かれている。

沿道にはたくさんの見物客が詰めかけ、人集《だか》りとなっていた。

「ヴォヴォヴオォオッ！」

イヌマキの葉を先端に束ねた棒を振り回し、ウヮーガナシー役はがなり声を上げる。子どもたちを見つけると、体を揺すって追いかけた。子どもたちは悲鳴をあげて逃げ出し、幼い子などは泣き喚いて親の胸にしがみつく。

皆それぞれ、手には水の入った紙コップを握っていた。ウヮーガナシーが近づくと、水を掛けて追い払うのだ。決してウヮーガナシーに触れてはいけない。溜め込まれた穢れが、移ってしまうから。

水を掛けられたウヮーガナシーは、大袈裟に苦しんで列に戻る。

「今年の黒豚役、マサルニーニーらしいよ」

マルは屋台で買ったウインナーをかじりながら言う。

「へえ。中身知ってると何か、『ヴォウヴォウ』叫んでるのがアホみたいに見えるな」

アキ坊とマルの二人は、人だかりから距離を取って、ウヮーガナシーの一行を眺めていた。

「何か……似てるな」

アキ坊の独り言に、マルが「何が？」と尋ねる。

「あの列の後ろで踊ってる黒いつなぎの奴らさ。雰囲気が似てねえ？　ビデオカメラに映ってた影たちに」

アキ坊は松葉杖にもたれながら、あごで一行を差した。松明を持つ男たちは、顔の前に白い布を垂らしたりしていて、どこかあの黒子を連想する。

「ええ？　全身真っ黒だからじゃないの。もうやめようよ、その話は」

その時、二人の背後から鮮やかな浴衣姿の同級生が顔を出した。

「おっすおっす、お二人さん！　会場行かないの？」

マルとアキ坊の背中を叩き間に割り込んだ八重子は、二人の顔を交互に見つめた。

「豚の行進なんて飽きちゃったよ。毎年やってることは同じなんだもん。屋台回ろっ？」

一方的に提案して、辺りを見渡した。

「ヨナは？　まだ来てないの？」

「さあな。どっかにいるんじゃねえの」

ぶっきらぼうに答えるアキ坊。八重子はその顔をのぞき込む。

「おんやあ？　何々？　ケンカでもした？」

「うるせえなあ。あいつが一人で暴走してるだけだよ」

アキ坊は八重子に背を向けて、キャップを深く被る。

「んー。確かに今日も終業式終わった途端、波多野さんと帰っちゃったね。最近ベッタリじゃない？　もしかして付き合ってんのかな。告白の後くらいからだよね、二人でつるみだしたのって」

八重子は大仰に両頰を押さえた。

「だとしたらヤエがムリヤリ告白させちゃったせい？　三人がギクシャクしちゃったのも？　わあ、責任感じちゃうなあ」

言葉の割に、その表情は楽しそうである。

アキ坊はそっぽを向いて答えなかったが、マルは苦笑した。

「うーん。付き合ってるってことはないんじゃないかなあ……？」

答えたマルの持っていたウインナーに、八重子がかじりついた。

「ああっ！　食べないでよ、僕の」

「マル。あんた何か知ってるね？　何だよ、またヤエだけ仲間はずれかよう」

もごもごとウインナーで頰を膨らましながら、八重子がマルを睨みつける。

言葉を濁すマルは、逃がした視線の先にヨナの姿を発見した。

「あれ……ヨナ？」

土手の上を走るヨナは、一輪車を押していた。毎年、祭りの夜でも普段着姿だったのに、今日は珍しく甚兵衛《じんべえ》を着ている。

「何してんだろ」と八重子が小首を傾げると、アキ坊もキャップのツバを上げた。

「どうせまた波多野と……いるわけじゃないみたいだな……」

ヨナの押す一輪車には、亀井のオバーが背中を丸めて正座していた。

その後ろを、ヨナの小学一年生の妹が——依子が走って追い掛けている。


「まだ付いて来やがる。依子のやつ……！」

ヨナは一輪車を押しながら、背後をちらりとのぞき見る。自分も一緒に行くと言ってきかない依子は、ヨナが家を出た時からずっと後を付いて来ていた。

「お前もう、付いて来んなってば！」

「やーだあ！　依子も行くー！」

浴衣姿のくせに、依子はなかなか足が速い。一輪車を押してアスファルトを駆け上がるヨナは、依子を引き離すことができずにいた。

蒸し暑い熱帯夜である。老婆とはいえ人一人乗せた一輪車を押して走り続ければ、汗が噴き出してくる。

「くそっ、上り坂くらい自分で歩いてくれよ、オバー！」

「はっさ、足腰も立たん老人にくぬ長い坂道ぐゎ歩かそうするわけ？　つべこべ言わんでしっかり押さんね。あねっ、石ぐゎ」

一輪車のタイヤが小石を踏んで、オバーは正座したままぴょんと宙に跳ねる。

ヨナが一輪車を押して上っているのは、秘密基地のある南山だった。オバーから御嶽の場所を聞いたヨナは、そこが自分たちのよく遊んでいた山だと知って、それも秘密基地を作ったガジュマルの木の根元だと知って驚いた。神々の世界と人間の世界を繋ぐ出入り口。ヨナたちは、そんな神聖な境界線の上でだらだらと放課後を過ごしていたのだ。

いつもなら使う石段を避け、大回りして坂道を上っていく。

雑木林は月明かりだけなので薄暗く、昼間とは違うおどろおどろしい印象があった。ひしめくように伸びた枝葉が、湿った夜風にざわめく。

振り返れば、眼下に夜の町が広がっている。明かりの極端に少ない平野に、提灯の明かりが連なっている。一際輝くグラウンドが祭り会場である。遠くに聞こえる祭り囃子《ばやし》が、闇夜に拡散して消えていった。

遥か向こうに見える暗い海は、相変わらず真っ暗で怖かった。

息も絶え絶えに一輪車を押して、ヨナは山の天辺までたどり着く。そこには、浴衣姿の波多野が立っていた。ヨナたちの気配に気づき、ガジュマルの木を背にして振り返る。

浴衣姿の波多野は新鮮で、ヨナは息を呑んだ。

藍色の生地に細かな花びらを散らし、長い髪を髪留めでまとめ、うなじを晒す波多野はいつにも増して大人びて見えた。ちらりと見たその顔も、薄く化粧が施されている。

「来ないでいいって、言ったのに」

波多野はヨナの顔を見て、大きなため息をついた。

「絶対に行くって言ったやっし。給食だって一緒に食ってんだから、そのついでだよ」

「あんたね、やっぱわかってないでしょ。給食を一緒に食べるのと訳が違うのよ」

波多野は眉根を寄せて、険しい顔をする。

二人が洋服ではなく、浴衣や甚兵衛を着用しているのは、ニライカナイで目立たないようにするためだ。洋服を着た神など見たことないと、亀井のオバーは言っていた。

ヨナの尻に、依子が抱きつく。

「捕まえたー！」

「依子ちゃんも行くの？」

依子の顔をのぞき込んだ波多野に、ヨナはかぶりを振る。

「いやいや、こいつは行かねーよ。帰ってくれ、頼むから」

依子を引き剝がして押し問答していると、ガジュマルの方からオバーの声が聞こえる。

「あぎじゃびよっ！　何《ヌーガヤ》ねえ、くぬボロ屋ぁや！」

見ればヨナたちの自慢の秘密基地に向かって、腕を上げて怒っていた。

秘密基地は、夏休み中に取り壊されることが決まっていた。木の周りに置かれた赤いカラーコーンには、立ち入り禁止を意味するバーが掛けられている。

幹を触ったり、木の周りをうろちょろしたりしていた亀井のオバーが、神棚を抱いて戻って来る。ガジュマルの太い幹には縦長の亀裂があり、オバーはそこがニライカナイへの入り口なのだと言った。

亀井のオバーが足元に置いた神棚は、ヨナの家に置かれているのとは違う、不思議な形をしていた。供え物を置く台はあるのに、その向こうは両開きの観音扉があるだけ。扉を開けば、向こうの景色が見える。つまりはただ、小さな扉だけが設置されているのだ。

米、水、塩を台に並べながらオバーは、二人に「座りなさい」と指示を出した。

言われるがままガジュマルの前に正座した二人の頭上に、振りかけられたのは強いにおいを放つ香辛料だ。

「人間臭《ニンジンカジャー》さや消すからね。じっとしてなさい」

「うえ、これって……」

顔をしかめ、ヨナはオバーの手元を見上げる。オバーが握っているのは、小瓶である。島のスーパーでも普通に売っているような。あるいは、近所の食堂でテーブルに置かれているような、日常的に見かける小瓶。

「いや、それフィファチやっし！」

ナガミトウガラシをすり潰した、沖縄では珍しくもない香辛料だ。通常、沖縄そばやチャンプルーなどに振りかけるものである。

「大丈夫かこれ。そばになった気分なんだけど！　逆に食われん？」

「人間ってのがバレたら食われるさ。だからこれで顔を隠しなさい」

亀井のオバーは他人事のように言って、二人にそれぞれお面を差し出した。亀井商店の壁に掛けられていた、キャラクターもののお面である。ヨナにはヒーロー戦隊もの。波多野には美少女アニメのお面が渡された。

「これ被って、沖縄そばの神様《ウチナースバヌウカミフージー》みたいにそーけー」

「……沖縄そばの神ってどんなよ……？」

不安でいっぱいのヨナだったが、隣の波多野は素直にお面を額に掛けている。

「入り口はニライカナイのどこに繋がるかわからん。やしが城下町のどこかには繋がるはずよ。今、向こうでは夜市が開かれている。どこに行けばいいか、わかってるね？」

「え？　どこ……？」

ヨナに代わり、波多野が「首那城《シュナジョウ》ですね」と毅然として答える。

「やさ。黒子を遣わす神々は首那城の大広間に集まっているはず。いいね。夜市では何も買ってはいけない。神々との接触はそのぶん見つかる恐れが高まる。多くの神様が集まっているはずだから、紛れることはそう難しくはないと思うけどね」

言いながらオバーは、一輪車のそばに立っている依子に「エエ、泡盛《あわもり》ぐゎあるねえ？」と四合瓶を持って来させた。これもまた、近所の酒屋で売られているような、何の変哲もない泡盛である。中身をほんの少しだけ注いだ紙コップを二つ、「まだ飲まんよ」と言葉を添えてヨナと波多野にそれぞれ渡す。

「もし、見つかりそうになったなら」

オバーは泡盛のキャップを固く閉め、ヨナに手渡した。

「神様にこれを飲ませなさい。泡盛が好かん沖縄の神などいない」

「え……酔わせるってこと？　そんなんでいいの？　不安しかないんだけど」

ヨナはぶつくさ言いながらも、泡盛を肩掛けカバンに仕舞う。

亀井のオバーは神棚の前に膝を曲げ、正座した。おもむろに取り出した煙草を乾いた唇に挟み、マッチを擦って火をつける。大きく紫煙を燻《くゆ》らせるオバー。

二人に背を向けたまま、次の指示を出す。

「だぁ今。コップの泡盛を口に含みなさい。飲み込むのは向こうに着いてから。それまでは口の中に含んでおくだけよ」

「……中学生に酒飲ませるのかよ」

コップに鼻を近づけ、強烈なにおいにヨナは顔をしかめる。

「必要なのは口に含んでおくことやさ。飲まんなら、向こうで吐き出しなさい」

躊躇うヨナを尻目に、波多野は言われた通り泡盛を口に含み、お面を被る。

煙草を咥えたオバーは頬を膨らませ、煙を神棚の扉に向かって吐き出した。煙は扉を潜るとその量を増し、向こうがわにあるガジュマルの木を包み込む。

霧がかかった中に立つガジュマルの影。縦長の亀裂が、白く発光し始めた。

「おお。すげえ……！」

まるで魔法だ。ヨナは感嘆の声を上げた。胡散《うさん》臭いユタのオバーは、本当に魔法使いだった。

旅が始まる。神々の住む国へ行く——そんな嘘のような話が、一気に現実味を帯びてくる。

ドロシーがオズの国へ行ったように。兄が東京へ行ったように。つまらない日常を打ち壊すような、冒険が始まるのだ。しかし心が躍る以上に、強い不安を覚えた。

無事に帰って来られるのだろうか。神に取って食われたりはしないだろうか。自分は波多野を、支えることができるのだろうか。

亀井のオバーは神棚に付いている小さな扉を、ポンッと取り外した。

「あねっ。帰りはこれをどこかに貼りつけて出口を開きなさい」

「え。それって外れんのね……」

玩具のような扉を渡され怖じ気づくヨナのそばで、波多野は静かに歩き出す。

やはり波多野は毅然としている。自分はただ、波多野の邪魔になっているだけなのかも知れない。支えるなんて、おこがましいことなのかも知れない。

しかしそれでも、ヨナは紙コップを摑む指先に力を込めた。

「待って、波多野。……俺が先に行く」

振り返る波多野。その視線を受けながら、ヨナは一気に泡盛をあおり、お面を被る。

それから早足で波多野を追い越し、光の中へと足を踏み入れた。

×　×　×

「おぅえっ……！」

光のトンネルを抜けてすぐに、ヨナはお面のあごを持ち上げて、口内の泡盛を吐き出した。泡盛がタイルの上に跳ねる。

ガヤガヤと辺りは騒々しかった。振るわれたフライパンがコンロに当たる音。また板を包丁で叩く音。豚の鳴き声が、叫び声のように飛び交っている。横長のシンクに向かう大柄な料理人たち。忙しく動く彼らは、現れたヨナの姿には気がついていない。

ガジュマルの亀裂を通して出たそこは、厨房のようだった。

自分の通って来た道を振り返れば、冷蔵庫がある。業務用の、銀色で大きな冷蔵庫だ。

扉の表面に眩《まばゆ》く光る裂け目は、ガジュマルの亀裂と同じ形をしていた。

すぐにそこから、藍色の浴衣を着た波多野が現れた。

タイルに着地した波多野は、お面を付けたまま上を向いて喉を鳴らす。ヨナは吐き出した泡盛を、飲み込んだのだろう。

二人が出た後、光の裂け目は細くなっていき、やがてぴったりと閉まった。

肉や野菜の焼ける香ばしい匂いに混じって、獣臭さを感じた。壁際に積まれた檻の中で、数匹の犬が吠えている。二人に向かってワンワン、キャンキャンと喚く犬たちに、ヨナは眉を潜めた。

「……何でキッチンに犬が……？」

「食べるからでしょ」

美少女のお面を付けたまま、波多野は顔を上げた。視線の先に、皮を剝がれ、燻《いぶ》された肉がいくつもぶら下がっている。

お面の下で、ヨナは顔をしかめる。無意識に踵《かかと》を下げ、腰に触れたテーブルを振り返ると、虚ろな目で舌を出した犬の首が置かれていた。

「……っ！」

心臓が跳ねたが、悲鳴は辛うじて飲み込んだ。

「……犬、食べるのか……。まあでも、それ以外は割と普通だな」

ニライカナイ。神々が住むくらいなのだから、『オズの魔法使い』のエメラルドの都のように、辺り一面が煌びやかな、神々しい町なのかと思っていた。

しかしこの厨房は生活感があり、人間の世界とほとんど変わらないように感じる。

――神を偉いと位置づけるのは、人間ぬ勝手やさ。

亀井のオバーの言葉を思い返す。

――人間ぬ上でも下でもない、そばにいるもの。

――人間に近く、やしが人間ではない。それが沖縄《ウチナー》ぬ神々やさ……。

「何か……拍子抜けだな。確かに神様ってのも案外、人間っぽくて――」

しかしその時、振り返った料理人の顔を見て、ヨナは悲鳴を上げた。

「でたっ……！　ウヮーガナシー……!?」

汚れたエプロンに、出刃包丁を握った肥満体。大柄な料理人の頭部は、豚そのもの。犬を調理していたのは、豚だったのだ。

巨体の割につぶらな瞳が、ヨナを見下ろし、ぱちくりと目をしばたたかせる。

「違うわ。ウヮーガナシーは黒豚よ。この神は白でしょ」

波多野がヨナに答えた。

「この豚もっ……神様なのか!?」

「下級のね。一口に神様と言ったって、ピンからキリまでいるの」

波多野はヨナの手首を摑み、「出ましょ」と厨房の出口へと走る。

「早くっ。騒ぎになっちゃう」

直後に豚の料理人が、「ブヒィッ！」と金切声を上げた。

絶叫に気づいた周りの料理人たちも手を止めて、厨房内に「ブヒィ、ブヒィ」と大音声が響き渡る。ヒステリックに騒ぎ立てる豚たちの合間を縫って、波多野とヨナは厨房を駆け抜けた。

「ごめんなさい！《ワッサイビーン》」と連呼して、謝りながら駆ける波多野。

「めっちゃ怒ってんな！　人間だってバレちまったのか？」

「人間かどうかっていうより、厨房に部外者が入って来たから怒ってるのよ、きっと」

波多野は、銀色の両扉を押し開いた。

厨房を出たそこは、多くの客が食事を楽しむ板張りのフロアだった。

広いフロアのあちらこちらに円卓が置かれ、各テーブルに天井から大きめの提灯がぶら下がっている。その淡い明かりが、店内をぼんやりと照らしていた。

波多野の開いた扉が壁に当たり、思いの外大きな音がした。ガヤガヤとやかましかった店内が、しんと静まり返る。振り返った客たちの姿に、ヨナは目を見開いた。

不自然に頭の長い老人や、着物がはだけ乳房を露わにした女性——ただしこちらは頭部が完全に蛸《たこ》であったし、他の席には、透き通った人影でしかない者たちもいる。

席に居並ぶ者たちは、性別も姿形も大きさも様々。妖怪か化け物、もしくは神か。フロアで食事をとっていた者たちは、明らかに人間ではなかった。

「……じろじろ見ちゃダメ。店を出るわよ」

「お……おう」

波多野が先頭に立ち、早歩きでフロアを突っ切る。

神々の視線を浴びながら、二人は店内を出口に向かって歩いた。

ヨナは改めて店内を見渡す。赤い壁紙に竜や虎の描かれた内装は一見して中華料理店を思わせたが、フロアの中央には沖縄独特の細長い漁船・サバニのオブジェが飾られていて、琉球料理店だとわかる。

立ち込める線香の強い香り。よくもこの匂いの中で食事ができるものだ。

静まり返ったフロアに、「ブヒィッ！」と料理人の鳴き声が響き渡った。

「追ってきたわ。走って」

「え、え……？」

波多野が急に走り出したので、ヨナも慌てて後を追った。

飛び出した店の外は喧噪に満ちていた。石畳の敷かれた一本道。その幅広い歩道を挟んで、いくつも店が並んでいる。

「……何だ、ここ」

頭上を見上げ、ヨナは息を呑んだ。

おびただしい数の電線が交差し、煩雑な空間を提灯の明かりがぼんやりと照らしている。その向こうに広がる夜空が、揺らめいていた。

いや、あれは空ではなく——海だ。頭上に広がる真っ暗な海の中を、発光する魚が無数に泳ぎ回っている。ここが、海の底にあるというニライカナイ。

視界が陰り、城下町の上を巨大なクジラが尾っぽをくねらせ泳いでいく。

「……すげえ」

泳ぐクジラを見上げるなど、初めての経験だ。

圧倒されるヨナの手首を、再び波多野が摑む。

「ぼうっとしないの。行くよっ」

ヨナは波多野に腕を引かれて走りながら、城下町を見渡した。

果物や野菜を軒先に並べているのは、八百屋なのだろうか。凧糸《たこいと》の巻かれた肉の塊を置く店や、ザルに並べた青魚を販売している店もあった。

暖簾《のれん》一枚垂らしただけの店の奥で、カウンターテーブルの覗く店もある。店の前にはためくノボリには、『宮古《みやこ》そば』と書かれている。

どの店もその外壁は赤、緑、黄色と色取り取りに塗られていた。

強い色と派手な装飾に落ち着かない。眩しく光る『中華まん』の文字。看板を吊り下げる巨大な竜のオブジェにも、色鮮やかな装飾が施されている。

一本道を行き交う人々の雑踏と喧噪。聞こえてくる言葉は方言に違いなかったが、祖父の喋る言葉のように難解で、ヨナには理解できなかった。

町に溢れる人々の姿形もまた、レストランの客たちと同じように、異様である。頭から全身にかけて蓑《みの》ですっぽりと覆い、一列になって行進する行列。

自立し、しずしずと歩く樹木は、その足が女のようにすべすべで艶《なま》めかしい。

「危ないっ」と波多野に腕を引かれ、横に跳んだヨナのそばを片耳の子豚が走って行く。

「また豚かよ……。けどまあ、あんだけ小っちゃかったら可愛いもんだな」

「あれは片耳豚《カタキラウワ》よ。あれに股下を潜られたら……性器を損傷するわ」

「危ねえっ！　何だその豚、怖っ」

二人は周囲に気を配りながら、石畳の城下町を駆け上がっていく。

追いかけてくる者がいないことを確認して、徐々にスピードを落とした。往来する神々の歩く速さに合わせ、町に溶け込む。

とある店先に、ハブが丸ごと漬けられたハブ酒を見つけ、ヨナは思わず足を止めた。ビンの底にとぐろを巻いたハブが、琥珀色の酒の中で口を開けている。ハブ酒の存在は知ってはいたが、こうして目の前で見るのは初めてだった。

「うお、かっけぇ……」

すぐに波多野が戻ってきて、ヨナの後ろでため息をつく。

「もう、よそ見しないの。どうせ買えないわ。ウチカビも持ってないんだから」

「ウチカビ？」

「ウークイで燃やすでしょ。あの世で使うお金のことよ」

「ああ……あれか」

沖縄では旧盆の最終日に、先祖を送り出すウークイという儀式がある。その時、先祖がお金に困らないよう、あの世で使うための黄色い紙幣を燃やして持たせる。それが、ウチカビだ。

「……え。じゃあここって、あの世？」

「あの世にとっても近い場所。首那城はあっちね」

波多野は話を切り上げて、坂道を歩き始めた。見上げれば、ゆらゆらと揺らめく夜空を背景に、朱色の屋根が連なっている。

坂道を上った先にあるあれが、ウヮーガナシーの住んでいた首那城だ。

波多野に〝よどみ〟を押しつける偉い神々も、あの城に集まっているはずだ。

「こっちよ」

夜市の様子に落ち着かないヨナとは対照的に、先導する波多野は早足で歩いていく。ヨナは波多野の藍色の浴衣を見失わないよう、歩を進める。

「波多野さ、お前。ここ、来た事あるば？」

「……ないけど。何で？」

「いや、やけに詳しいなあって。あんま驚いてもないし」

「別に。ニライカナイに行くっていうんだから、ニライカナイのこと勉強しておくのは当たり前でしょ？　あなたは無知すぎるわっ」

波多野は前を向いたまま、振り返りもせず答える。

「……悪い、そう怒んなよ……」

迷いなく進む波多野の背中を見つめながら、ヨナは反省した。このままでは本当に足手まといだ。――と、ヨナの甚兵衛の袖口を引っ張るものに気づく。立ち止まって振り返ると、ヨナよりも背の低い子どもが立っている。

「おお、何だ《ヌーヤガ》……？」

日に焼けた肌をしたその子どもは、葉っぱの束を腰布代わりに巻きつけていた。燃えるような赤い髪を、頭の天辺で縛っている。

「人間《ニンジン》ぐわぁ？」と子どもは甲高い声で言って、小首を傾げた。

「え？　いや、違えし！」

ヨナは戸惑い、お面の下で引き攣った笑みを浮かべる。

「わ、俺《ワン》は沖縄そばの神様やんど。そばそば〜……」

——いや、何だよ沖縄そばの神様って……。目をしばたたかせる子どもの視線に耐えられず、「そうだ」とショルダーバッグから取り出したのは酒瓶と紙コップである。

「これ、泡盛……飲むか……？」

紙コップに泡盛を注いで渡す。

子どもは素直にそれを受け取り、コップの中をくんくんと嗅いで口をつける。

すると程なくして——ヒック。

「ヒック、ヒック」と子どもはしゃっくりを繰り返し、目をひん剝いた。

「は？　何……？　お前、大丈夫か？」

ギョッとしてその顔を覗き込むヨナ。

ふと頭上に影が掛かり、ハッと振り返れば、見上げるほどの巨漢が立っていた。

「おあ、でかっ……！」

紙垂《しで》の垂れる太いしめ縄を、まるで腰帯のように巻くその男は力士のよう。浅黒い肌に、腰まで届く長い髪は燃えるような赤。子どもをまんま大きくしたような父親の血走った眼《まなこ》は、しゃっくりを繰り返す子どもに向けられていた。

ヨナを通り越し、目を回す子どものそばに膝を折る。その様子を確かめた後に、鋭い眼光をヨナに向け、何事かを叫んだ。

その怒声が方言であることはわかった。ただし、その意味はわからなかった。

わからなかったが、怒っていることは確かだ。ヨナは慌てて酒瓶を後ろ手に隠した。

立ち上がった父親は、ヨナの額に自身の額を擦りつけて、またも何かを怒鳴り散らす。

自分も沖縄出身であるはずなのに、まったくわからない。怒り狂った者の方言とは、まるで異国の言葉である。

取りあえず、自己紹介をした。

「あの……そ、そばです。そばの神です……」

「アア？　スバァ……？」

今度はわかった。訝しんでいる。

一度頭を持ち上げた父親は、今一度ヨナの額に自分の額をぶつけた。

「あがっ……！」

頭突きに尻もちをついたヨナは、お面の穴から、父親の鬼の形相を見上げる。

食われる――！　そう思った次の瞬間、ヨナはまたも手首を掴まれた。

「立って、ヨナっ！」

振り返れば、美少女のお面が満面の笑みでこちらを見つめている。

「は、波多野……」

「すみませんでした《ワッサイビータン》！」

波多野はヨナの腕を引いて、赤髪の親子を背に走り出した。

「何やってんのよ！　子どもにお酒を飲ませるなんてっ」

「ええ……？　神もお酒は二〇歳からなの……？」

「キジムナーは人懐っこいけど、怒らせると怖いんだからね」

「え、あれキジムナー!? ガジュマルの精の？　うわ、すげえ、俺初めて見た」

振り返った先で、赤い髪の子どもが嘔吐《おうと》し、父親に背を摩《さす》られていた。

「城に入るわ」

波多野の声に前を向く。城壁に囲まれた一本道を駆ける先に、観音開きの扉が開いている。ヨナは波多野に手を引かれたまま、城の門を潜る。

ヨナは摑まれた手首越しに、波多野の指先が震えていることに気がついた。

そうか、とここに来て気づく。波多野は怒っていたのではなく、ずっと気を張っていたのだ。怖いのは波多野も同じ。ヨナは改めて反省し、気を引き締めた。

×　　×　　×

天井の高い城内の大広間には、円卓のテーブルが等間隔に置かれていた。

しかしそこに座っている者は誰一人としていない。城内に侵入したヨナと波多野はテーブルの下に潜り込み、テーブルクロスを捲った。

薄暗い大広間を、女たちが忙しく往来していた。その誰もが緋袴《ひばかま》に白衣《びゃくえ》を着た巫女装束に、前掛けと三角頭巾の給仕服スタイルを重ねている。

大広間を横切って奥の部屋へ入っていく者たちは、両手にご馳走ののった大皿を抱えていた。反対に部屋からやって来て厨房へと駆ける者たちは、空っぽの皿を重ねている。

「……あいつらは何だ？　料理を運んでるば？」

「ウヮーガナシーの侍女たちね。夜市のために訪れた神々をもてなしてるんだわ」

ヨナのつぶやいた疑問に、波多野が答える。

「ああ、忙しい忙しいっ」

口うるさく働く、一人の小柄な少女に目が行った。

切り揃えられたおかっぱの髪は艶やかな漆黒。切れ長の一重に、薄い唇を不機嫌に尖らせている。無愛想なこけしのようなその少女は、空っぽの平皿一枚を両手で持ち、だらだらと走っていた。忙しいと言う割に、明らかに手を抜いている。

「ったく。どんだけ食うんだよ、あいつらっ！」

するとすぐ後ろに追いついた侍女が、少女を叱る。

「こら、環《たまき》。お客様を悪く言わないの」

こちらは環と呼ばれた少女と違って背が高く、胸のたわわな成熟した体。

「どこで聞いてるかわかんないわ。神様ってのは耳がいいんだから」

「ちっ……。でもさあ、命《みこと》。環らだって神じゃないか、一応っ」

「私たちはまだ修行中の身でしょ。侍女としてのお仕事を全うしましょ」

「ふんっ！　知るもんかい。毎年毎年夜市が開かれる度に来やがって。環だって夜市で遊びたい。泡盛が飲みたいぃ！　もう帰れよ、あいつらっ」

命は皿の重なるタワーを片手に持ち替え、空けた手で「しー」と人差し指を立てる。

「環。あなたはいつも口が悪いわ。神様方は黒豚様のためにお集まりになってくださっているのだから。黒豚様のお客様は、私たちのお客様でもあるでしょう？」

「黒豚様っつったって、もういねーじゃん。あいつらが慰めてるアレはただの入れ物で……」

「環っ。これ以上は本当にダメ」

「……むぅ」

厳しい口調で叱りつけられ、環は唇を結ぶ。

命は空気を入れ替えるように、声を跳ねさせる。

「さ、愚痴をこぼしてる暇なんてないわ。宴はまだまだ続くのだから。ゴーゴー環っ」

命は走るスピードを上げ、環を追い越していく。

逆に環は速度を落とし、とうとう大広間の真ん中で立ち止まった。

「……何であんなに労働が好きなのさ……」

厨房へ駆けていく命の後ろ姿を見送り、環はつぶやいた。

そのすぐそばを、よちよちと白兎が一匹、歩いていく。環と同じ巫女装束を着て、長い耳を三角頭巾でまとめている。二本足で歩く白兎は、背中に大きな皿をおんぶして運んでいた。小さなウサギには重いようで、その足取りはおぼつかない。

環は白兎の背中に、自分の持っていた平皿を重ねた。

「これもよろしくぅ」

「ヒッ!?」

突然増した重みに戸惑う白兎。足を震わせ、体を支えるのがやっとの兎は振り返ることさえできず、環の意地悪な笑みを見つけることができない。

環は白兎の視線から逃げて、素早くテーブルクロスの中に隠れた。ヨナと波多野が身を潜める、テーブルの下に――。

「はあ……。皆、アホみたいに働くもんだな」

「ひでーな、こいつ」

「ひどいわね」

突然入って来た侍女の背後で、ヨナと波多野がつぶやく。

声に気づき振り返った環は、すぐ目の前にある二つのお面に大口を開けた。

「ぎゃっ――!?」

ヨナは慌てて環を捕まえ、その口を塞《ふさ》いだ。

環はヨナが押し当てる手の平から口元をずらし、喚き立てる。

「に、人間だっ……！　触るな、穢れる。穢れるうっ！」

「人間じゃねえよっ……。よく見ろほら、沖縄そばの神だっ……！」

環は暴れるのをやめ、じっと目を細めてヨナのお面を見つめた。

「……」

「……そばそば～」

「……？　人間だろ？　バカにしてんのか」

「何だこの面、意味ねえやっし！」

お面を捨てたヨナは、再び暴れ出した環を抑えつける。

波多野はヨナのショルダーバッグを開けて、酒瓶を取り出した。

「ヨナ。これを使って」

ヨナの受け取った酒瓶を見て、環は目を輝かせる。

「お……!?　それ泡盛か？」

伸びて来た手を避けて、ヨナはひょいと泡盛を掲げた。

「ああん、何だよっ。見せるだけ？　くれよ、くれっ」

「何て卑《いや》しいんだこいつ……！」

迫る環の額を、ヨナは手の平で押さえる。

「だいたい、飲める歳なのか？　二〇歳には見えないぞ」

すると環はスッと居住まいを正し、髪を掻き上げた。

「やれやれ。神に歳を訊くなど……野暮な童《わらべ》もいたもんだ」

「神っつっても、見習いなんだろ？」

「え、何でそれ知ってんの？　見習いだけど！　この環は、ゆくゆく緋寒桜《ひかんざくら》の神になるんだからな。言っておくが、泡盛ごときで懐柔できるほど柔な神じゃあないぞ？」

「何、じゃ要らねえの」

「いるぅ……！」

見た目一〇代前半にしか見えないこの少女は、よほど泡盛が好きと見える。

ヨナの手から酒瓶をかすめ取った環に、波多野が紙コップを渡す。

「それあげるから。代わりに質問に答えて」

「いいよ。何だ？」

一気にコップをあおった環は、「ぷひゃあっ。こりゃ堪らん」と感嘆の声を上げる。

「中身おっさんなんじゃねえか、こいつ……」

つぶやくヨナを横目に、お面を付けたままの波多野は尋ねた。

「今、宴会中なんでしょ。どうしてこの大広間で行わないの」

「だって決まってるじゃないか。これは黒豚様をお慰めするための宴なんだ。当の黒豚様が部屋から動けないんだから、神々は黒豚様のお部屋でご宴会中なのさ」

「……黒豚を慰める……？　だってウヮーガナシーはもういないんじゃ」

「ああ、いないよ。ってか、何で知ってる」

早くも頬を赤らめた環が、目を細めて波多野を見つめる。

「人間のくせに妙に詳しいじゃないか。お前……誰だ？」

波多野は一つ息をつき、キャラクターのお面を外した。

「んなっ。お前は……下地清子っ⁉」

現れた波多野の顔を見た途端、環は目を見開く。撫でつけられた漆黒のおかっぱが、怒気を孕《はら》んで膨れ上がった。

ヨナが制止するのも間に合わず、環は紙コップを放って波多野に飛び掛かる。

「お前のっ……！　お前のせいで、黒豚様は……！」

「ええそうよ。ウヮーガナシーはもういない。あの子は川で溺れて死んだの」

環に肩を掴まれながらも、波多野は気丈に言い返した。

「だからあなたたちは、豚童《ウヮーワラバー》となった私に〝よどみ〟を押しつけてるんでしょう？　違うの？　奥の部屋に新たなウヮーガナシーがいるのなら、どうして私が〝よどみ〟を食べなきゃいけないのよ……！」

「やっ……だって、違うんだ。アレは……ニセモノなんだ」

「ニセモノ？」

環は波多野の剣幕に押され、体をのけ反らせる。形勢は一瞬にして逆転した。環の跳ね上がった毛先はしなり、逃げるように視線を泳がせる。

「……新しい黒豚様が生まれなかったんだ。死んじゃったんなら、次の黒豚様が生まれるはずなのに。けどどうしてか、新しいウヮーガナシーは生まれなかった。〝よどみ〟を食べる役目の神がいなくなっちゃったのさ！　だから仕方なく、お前に」

波多野に至近距離から睨まれ、環は目を伏せる。

「……侍女であるあなたを責めても仕方ないわね。神様たちに直接尋ねるわ。その宴に、私を連れていって」

「無理言うなっ。神々の宴だぞ。人間が同席できるわけないだろ」

「別に、同席させろって言ってるわけじゃないわ」

そう言って波多野は環の三角頭巾を奪い、自身の額に巻いた。

×　×　×

波多野は環の三角頭巾を被り、用意させた前掛けを腰に巻いた。

浴衣の袖口は紐で括《くく》り、城の給仕に扮する。ゴーヤーチャンプルーが山のように盛られた大皿を持ち、侍女の列に紛れて奥の部屋へと進んでいく。

ヨナもまた甚兵衛の上から前掛けを着け、三角頭巾を被っていた。波多野のすぐ後ろで、環と協力して鶏の丸焼きを運ぶ。こんがり焼けた香ばしい匂い越しに、環が声を潜めて話しかける。

「……なあ。あいつ、ずいぶんと肝が据わってんだな。黒子を食っちまったってのも頷ける。豚童になった人間ってのは、ああも吹っ切れるもんなのか？」

「……波多野は別に。豚童じゃなくったってあんな感じだよ、たぶん」

背筋を伸ばし、堂々と歩く波多野の後ろ姿を見つめる。誰も寄せつけず、つんと胸を張って歩く様は、ニライカナイに来てからも変わらない。

強がって、気を張って。前を向いて歩き続ける。指先の震えを、大皿の下に隠して。

部屋に近づくにつれ、聞こえてくる三線の音色が大きくなってくる。聞き覚えのあるメロディは、『ハイサイおじさん』であった。

軽快なリズムに笑い声が混じる。

カンテラの灯る薄暗い室内で、巫女装束の侍女たちと、着物を腰まではだけさせた二足歩行する小柄のバクが、カチャーシーを踊っていた。

「今度はバクかよ……」

三線を奏でているのは、円卓に座る老人だ。しわくちゃの顔に、頭の天辺で束ねられた白い髪。牛の爪で作られたバチで弦を弾き、慣れた手つきでメロディを奏でる。笑う度に口元から覗く、一本しかない前歯が印象的だった。

円卓には、老人を含め一〇名近くもの神々が座っていた。その姿形は、やはり誰もが異様である。

大皿に腕を伸ばし、グルクンのから揚げを手掴みにする神は、全身を草木で覆っている。テーブルのその一角だけが泥だらけなのは、この神様自身がなぜか泥に塗《まみ》れているからだ。その向かいに座る天女などは目を見張るような美人であったが、ぷりぷりの海ブドウを摘み上げ、開いた口から伸びた長い舌はあまりに鮮やかな紫色。ヨナは仰天して視線をそらした。

神々はペチャクチャと方言混じりで語らい、泡盛を飲み、ご馳走を食べる。陶器を倒してテーブルを汚し、鶏肉の骨を捨てて床を汚し、その度に侍女たちが片付ける。

神々の宴。それは実に俗っぽかった。

居酒屋で飲み食いする島の親父たちと変わらない。神を偉いと位置づけるのは、人間の勝手。上でも下でもない、そばにいるもの――改めて亀井のオバーの言葉を思い返す。

丸テーブルの最も奥に、黒い豚のぬいぐるみが鎮座していた。見上げるほど大きなその姿は、動物の皮を縫い合わせて作られたものだろう。ツギハギだらけである。

豚のぬいぐるみを見上げ、波多野は呆然と立ち尽くしていた。

「……これ、どうした。料理を置きなさい」

注意したのは、アルカイックスマイルを湛《たた》えた性別不詳の神だ。

「……偉そうだな、あいつ」

つぶやいたヨナに、環が慌てて囁く。

「実際に偉いんだ、バカ。ここにいる中じゃ最高に偉い。ミルク神様《しん》だよ」

「ミルク神？　牛乳の神様がそんなに偉いのか……？」

「弥勒《みろく》菩薩のことだ……！　知らねえのか、バカ」

その名は聞いたことがある。亀井のオバーは神を人間のそばにいるものだと位置づけたが、波多野は神にもピンキリがあると言った。知名度が高いということは、それだけ上級の神様なのだろうか。

波多野の置いた大皿を見て、別の神が「おほほっ！」と声を上げる。こちらは福耳を垂らした、恰幅《かっぷく》のいい中年男性のようだった。刻まれたゴーヤーの山を覗き込み、涎《よだれ》を拭く仕草をする。

「ゴーヤチャンプルーは儂《わし》の好物なのよ」

いちいち「おほほ」と笑うその神様は、〝オホホ神〟という。ヨナは環にそう教えてもらった。こちらは聞いたこともない神様だ。ならば偉くないのかと問えば、環は「偉いに決まってる……！」と怒る。神様の上下関係は良くわからない。

「この席に座ってる神様たちは、基本的に偉いんだよっ……！」

小首を傾げるヨナに、環はいら立ち混じりにそう耳打ちした。

ゴーヤーを口に運び、箸の先をねぶるオホホ神。

「しかしこのチャンプルー。何かが足りん。……ふむ、ポークか？」

「これっ、オホホ！　ウヮーガナシーの前ですよ」

ミルク神は笑顔を消し、黒豚のぬいぐるみを覗き見る。他の神々も口を噤み、ぬいぐるみを見上げた。三線の音色がやみ、宴はピリッと緊迫した空気に包まれる。

ぬいぐるみのそばに立つ命《みこと》が、慌ててその尻尾を引っ張った。

すると――。

「ブヒィ」

ぬいぐるみはまるでゲップでもするように、醜い鳴き声を上げた。

ミルク神がほっと肩を撫でおろし、再びうっすらと笑みを浮かべる。

「良かった、ウヮーガナシーは許してくれたようだ」

老人が三線による演奏を再開し、場は緊張から解かれる。「優しい豚だ」「寛大だ」と口々にウヮーガナシーを褒めそやし、神々は宴の続きを楽しむ。

オホホ神は禿げ上がった頭の後ろを掻いた。

「いやあ、すまん。失言、失言」

あの歪なぬいぐるみは、ウヮーガナシーの代わりだ。神々はぬいぐるみをウヮーガナシーに見立て、今でも生きているかのように接している。

どう見てもただのぬいぐるみ。本物のウヮーガナシーではないのに。

「……バカじゃねえの……」

ヨナのつぶやいた神々への暴言を、環は咎めなかった。

「……黒豚様が生きてた頃の名残だ。神々はずっとこうして年に一度宴を開いて、ともに騒ぎ立てることで、豚の寂しさを慰めていたんだ。黒豚様が死んだ七年前からは、黒豚様の席に置いたぬいぐるみを囲んでな」

──同じだ。

ヨナは眉根を寄せた。

──神様も人間も。ウヮーガナシーを恐れている。

〝よどみ〟をその体に溜め込むウヮーガナシーを。その黒々とした体に触れ、穢れることを恐れている。だから島の人たちが祭りの日に豚肉を避けるように、神々もまた、豚肉を避ける。ウヮーガナシーのご機嫌を取り、宴会を開いて友だちのフリをする。

ぬいぐるみの解《ほつ》れたつなぎ目から、黒いオイルのようなネバネバした液体が滲み出しているのが見て取れた。パンパンに膨れ上がった腹部は、見るからに飽和状態だ。あの中にあるものこそ、本物のウヮーガナシーが死んでから七年間、溜めに溜め続けた〝よどみ〟なのだろう。

波多野と入れ替わり、ヨナと環が前に出て、テーブルの上に鶏の丸焼きを置く。

ヨナは仮初めのウヮーガナシーのそばに、侍女たちが脚立を立てているのを見る。

「……何やってるば？　あれ」

尋ねると環が答えてくれる。

「〝よどみ〟を食わす時間さ。黒子たちによって集められた〝よどみ〟を、黒豚様に食べさせるんだ」

脚立に乗った侍女が水瓶《みずがめ》をぬいぐるみの口元に近づけると、瓶の中から黒いヌメヌメとした液体が宙に浮かんで、ぬいぐるみの口の中に吸い込まれていった。

すでにパンパンに張っていたウヮーガナシーの腹部が、ミシミシと音を上げた。その様子を、神々も他の侍女たちも、息を呑んで見つめている。

「……もう限界なんだよ、あのぬいぐるみは」

環は膨らんだぬいぐるみを見つめ、忌々《いまいま》しげにつぶやいた。

ウヮーガナシーを見上げる円卓の神々からも、不安げな声が上がった。

「……お腹《チュファーラ》いっぱいあらんに、ウヮーガナシーや」

「もう限界やさ……。今にも破裂しそうだねえ……」

「あぬ豚童《ウワーワラバー》やどうなってるば？　ちゃんと食わせてるのか？」

尋ねられたミルク神が、苦笑を浮かべながら答える。

「黒子たちを放って〝よどみ〟を食事に混ぜてはいますが……向こうも警戒しているようで、これがなかなか……」

「いっそ城に連れてきたらいいんじゃないか？　もう七年ど。あぬ黒豚やいつまで待っても転生してくれないさ。だったらもうその豚童を新しいウヮーガナシーに見たててここで飼えばいい」

とある神の提案に、他の神々も賛同して手を叩いた。

「まあ、それは良き考え」「連れて来い、連れて来い」「おほほ！」

ミルク神は笑みを浮かべたまま、眉尻を下げる。

「しかしそれはあまりに可哀想。彼女は豚童とはいえ、人間ですし」

「いやいや、自業自得というものよ」

オホホ神はミルク神を指差した。

「そいつがウヮーガナシーを溺れさせさえしなければ、こんな面倒なことにはならなかったのだ。そのくらいの責任は取ってもらわにゃ。溜まり溜まった七年分のこの〝よどみ〟も、どうせ誰かが食わなきゃならんのだ！　このウヮーガナシーはじきに破裂する。いよいよ穢れが溢れてしまうぞ」

それにその豚童《ウワーワラバー》、とオホホ神は続けた。

「黒子を食っちまったそうじゃないか。まさに暴食たる豚の子よ。可哀想なものかっ。脅かしてやれば案外、言うことを聞いてくれるかも知れんぞ？　ポークにしてチャンプルーに混ぜてしまうぞってなあ」

「これ、オホホ！　言い過ぎです」

ミルク神は再びオホホ神を咎め、仮初めのウヮーガナシーを見上げる。またも食卓に漂う緊張感。ぬいぐるみのそばの命がハッと気づいて、その尻尾を引っ張った。

「ブヒィ」

醜い鳴き声を聞いて、神々は手を叩いて笑いだす。

「良かった良かった。優しいな、ウヮーガナシーは。寛大だ」

「ささ、食べて食べて《カメーカメー》」と神の一人がぬいぐるみの前に料理を差し出し、透明のグラスに泡盛を注ぐ。当然ぬいぐるみは微動だにしない。

しかし構わず、まるでそこにいるかのようなていで話しかける。

「破裂されては困るのだ。ウヮーガナシーにはもっと、もっと頑張《チバ》ってもらわんと」

「頑張《チバ》ってくれるさ。我々《ワッター》が毎年、こうしてわざわざ足を運び慰めてやっているのだから」

「豚肉だって食《カマン》わんんど？　私《ワッター》たちゃ友《ドゥシグワー》だちゃし、なあ……？」

「何てバカバカしい宴なの」

円卓を飛び交う神々のおべっかに、凛と澄んだ声が混ざる。

「……バカバカしくて、アホくさくて……滑稽っ！」

瞬間、神々がぴたりと挙動を止めた。

神々の視線が、円卓の端に立つ給仕の少女へと向けられる。

鳴りやむ三線。青ざめる侍女たち。部屋中にいるすべての者たちの視線を受けながら、波多野はブルブルと拳を震わせていた。

「……おい、波多野……？」

ヨナは波多野の行動に驚き、その背中に手を伸ばす。

今が交渉のタイミングなのか？　しかしこうも大勢の神を前にしては、多勢に無勢というものではないか。退場させるべく波多野の浴衣の裾を摘んだが、波多野は構わず、神々に怒鳴った。

「もうウワーガナシーはいないのに、自分たちで何とかしなきゃいけないのに！　あなたたちはそうやって、いつまでも誰かに穢れを押し付けてばかりっ。押し付けられるがわの気持ちも知らないで……！」

場の空気を掻き乱す給仕の登場に、カチャーシーを踊っていたバクが部屋を見渡して叫ぶ。

「うおい、誰かっ。給仕が乱心したぞ。こいつを連れてけえ」

「黙りなさい、獏《ばく》神。踏み潰されたいの？」

「えっ……怖い」

波多野に睨まれ、バクは大人しく口を噤む。

ミルク神が、柔和な笑みを消して尋ねた。

「貴女《あなた》は……下地清子ではありませんか……？　なぜここにいるのです」

「あなたたちが〝よどみ〟を押し付けるからでしょ……。穢れを、私一人にだけ押し付けようとするから……！」

激昂《げきこう》した波多野の顔の両脇でぽんと白煙が散って、その耳が尖った。

「は、波多野……お前、耳が……」

ヨナの声すら聞こえていないのか。波多野は目の前の椅子に足を乗せた。

足の置かれた椅子が、波多野の体重に耐え切れずメキメキと軋む。

「人間も、あんたたちもみんな同じ。おだてて、ご機嫌を取って、穢れは全部押し付けて。慰めるためのお祭りや宴なんて要らないわ。独りぼっちの子豚が欲しかったのは、そんな上っ面だけの友だちじゃない」

ぽん、と今度は鼻先で煙が散って、波多野の鼻が豚のものになる。

ざわつく神々の視線を浴びながら、波多野は料理の並ぶ丸テーブルの上に足を掛ける。

さらに重くなった体重で、テーブルに亀裂が入った。

「あの子は……ずっと誰かと遊びたかったの。本当のお友だちが欲しかった。パパやママが欲しかったの。誰かにちゃんと、愛してもらいたかった……！」

波多野の足元を中心に、テーブルの亀裂は広がっていく。一歩、また一歩と足を踏み出して、波多野は宴を破壊していく。

「……おい人間」

ヨナのそばに立つ環が尋ねる。

「あれは本当に、下地清子なのか？」

「はあ？　どういう意味だよ」

「どうして黒豚様の気持ちをあんなにも代弁できる？　あの言い方じゃまるで、あの人自身が——」

——波多野自身が、ウァーガナシーであるような。環は言葉を飲み込んだ。

その視線を追って、ヨナもまた波多野を見遣《みや》る。

テーブルの上に立った波多野の胸から、モヤモヤと黒い液体のようなものが沸き上がっていた。悲しくて傷ついた心から、大量の〝よどみ〟が発生してしまっている。

その様子に、ミルク神が両頬を押さえて青ざめる。

「ああっ、何てこと……！　〝よどみ〟が、あんなにもっ」

「……みんな嫌いよ。人間も。神様も。みんな嫌い、嫌いっ。バカにしないで。〝よどみ〟を押し付けられるがわだって、ちゃんと傷つくんだからあっ！」

叫んだ波多野の足元で、亀裂の入ったテーブルが真っ二つに割れた。粉塵が巻き上がり、神々の悲鳴が部屋中に反響する。

ヨナは腕で顔を覆いながら、砂埃の真ん中に立つ波多野のシルエットを見る。その胸から発生した〝よどみ〟は波多野の頭上へと立ち上り、膨れあがっている。

「は……波多野……」

その時、部屋に広がる〝よどみ〟に、豚のぬいぐるみが反応した。

「ブヒィ――」

醜い鳴き声に、部屋中の者たちがみなぬいぐるみを見上げる。

仮初めのウヮーガナシーは一鳴きして、〝よどみ〟を吸い込み始めた。さらに膨れ上がるぬいぐるみの腹は、すでにはち切れんばかり。ミシミシ――と皮が突っ張り、切れ目から黒い液体がこぼれ始める。

「逃げろっ！　破裂するぞ」

誰かが叫び、侍女や神々が一斉に部屋の出口へと殺到した。

「波多野っ！」

部屋の中央で呆然としていた波多野は、ヨナの声に顔を向けた。豚鼻で耳の尖った波多野は、ヨナの視線から逃げるようにうつむき、神々に混じって出口へと駆けた。

その直後、破裂したぬいぐるみの体内から、大量の〝よどみ〟がこぼれ広がる。

〝よどみ〟は泥流の如く溢れ、轟音《ごうおん》を上げ大広間へと流れだした。

その量は、どう見ても豚のぬいぐるみの許容量を超えている。

「何か見た目増えてねえか、あれ⁉」

「七年分の〝よどみ〟だ！　まだまだ出てくるぞ！」

環とヨナは並走し、背後に迫る泥流を避けて、大広間の階段を上がる。

大広間に満ち満ちた〝よどみ〟は廊下へ、そして階下へと流れていく。勢いを増した黒い濁流に呑まれ、悲鳴や絶叫が城中に響き渡った。

ヨナは階段の途中で足を止め、一変してしまった大広間を見下ろす。

「……地獄かよ」

流される丸テーブルに、白兎がしがみついていた。手をバタつかせて溺れる獏神、竜の巨像に摑まりながら、流されゆくオォホホ神に手を伸ばす侍女たち。多くの皿や料理、瓦礫《がれき》の数々がヨナの目前を流れていく。

不意に環が隣で叫んだ。

「下地……清子っ……！　待って」

ヨナは環の視線を追って顔を上げる。吹き抜けとなっている大広間の二階部分に、波多野の姿があった。ヨナは環に続いて階段を上がり、波多野を追い掛ける。

「来ないで！」

欄干《らんかん》の前で、二人に振り返った波多野は叫んだ。

その手は、豚と化した鼻を覆い隠している。

「下地、清子……あなたは、もしかして……」

環は握り拳を胸の前に添えて、悲痛に顔を歪ませる。

言い淀む環の代わりに、ヨナが尋ねた。

「波多野……じゃ、ないのか」

ヨナもまた、環と同じように感じていた。考えてみれば、波多野の様子はおかしかった。どうして人間である波多野が、城下町の歩き方を知っていたのか。どうして神々を前にしても、臆《おく》さなかったのか。どうしてあんなにも、子豚の気持ちを代弁できたのか。

ウヮーガナシーが死ねば、また新たなウヮーガナシーが生まれるのだと環は言った。しかし七年前、子豚が川で溺れて死んだあと、どうしてか新たなウヮーガナシーは生まれなかった。つまりあの時、ウヮーガナシーは、死んでいなかった。

「……うん。そうだよ」

波多野は鼻を隠していた手を下ろした。

「私の体重が重いのは、豚童になったからじゃない。姿形は変化できても、体重までは誤魔化せなかったから。ねえ、ヨナ。言ったでしょう？」

——私は、もっと大きな秘密を隠してる。

——それを知ればあなたはもう、一緒に映画を撮ろうなんて言わなくなるわ。

「〝よどみ〟を口にしちゃったら、本来の役割を全うすることで、一時的に変化《へんげ》が解けちゃうの。私は黒豚に変身していたんじゃない。黒豚の姿に、戻っていたのよ——」

「……じゃあ、お前が。黒豚ウァーガナシーなんだな」

「うん」

七年前。足を滑らせ川へ落ちたのは、子豚ではなく清子の方だった。

×　　×　　×

清子にバイバイと手を振って別れを告げ、小川に背を向けた子豚は、直後にポチャンと、背後で水の音を聞いた。

川に足を滑らせ、流されていく清子を追い掛け子豚は走る。流木に摑まる清子を助けられるのは、自分しかいない。しかしどうしても、流木を伝うことはできない。

子豚は——ウァーガナシーは水が怖かった。

「助けて」と手を伸ばす清子の姿を見ることさえできず、「子豚ちゃん」と叫ぶ声に体を硬直させて、強く強く目をつぶった。

清子は子豚のたった一人の友だちだった。〝よどみ〟を食べる子豚は、その体に穢れを溜め込むせいで、他の神々さえ近づくのを恐れる。

だから独りぼっちの子豚は冒険ごっこと称し、ニライカナイを抜け出したのだ。

人間は神々以上に大量の〝よどみ〟を発生させる、穢れた存在だと聞かされていた。触れてはいけない。喋ってはいけない。子豚もまた、多くの〝よどみ〟を生み出す人間を良く思ってはいなかった。しかし清子は、話に聞く人間像とは少し違う。無邪気で明るく、母親思いの優しい子。そんな清子を、子豚は助けられなかった。

――ごめんねっ。ごめんね……！

川辺で微かに息をする清子を、子豚は強く抱きしめる。自分は救うことができたはずなのに。手を伸ばせば届く場所で、この子は私の助けを待っていたのに――。

清子はすでに声を出すこともできず、晩秋の川に長時間浸った小さな体は、冷たくなっていた。清子はじっと子豚を見つめながら、その爪先を握りしめる。

〝私の代わりにお願い〟――そう託されたのは、清子の母親のために二人で作った、数珠《シシ》玉《ダマ》のネックレスだ。これをママに渡して。清子は声を出しはしなかったが、強く爪を握られた子豚は、その意志を感じ取った。

それから二日後、清子の母親の誕生日。

子豚は、母親にネックレスを渡すことに決めて、清子の姿に化けた。

諦めずに捜索を続けていた島の者たちは、清子の発見を奇跡だと喜んだ。しかしすぐに、その様子がおかしいことに気づく。挙動不審で口もきけなくなったこの小さな少女は、気がふれてしまったのだと憐《あわ》れんだ。清子に化けた子豚が、思わず発してしまった「ブゥ」の一言を聞いて、ウヮーガナシーに呪われた豚童《ウヮーワラバー》だと恐れた。

それでも母親は清子を強く抱きしめて、「帰って来てくれてありがとう」と泣いた。すぐ耳元に触れる母親の泣き声を、子豚はじっと聞いていた。

その人は清子と同じように、温かい。

この人こそ清子が愛してやまない〝ママ〟なのだと、すぐにわかった。

ネックレスを渡したら、すぐにでもニライカナイへ帰るつもりだった。

しかし母親の温もりに身を委ねて、子豚はそのタイミングを失った。

子豚は自問自答する。〝私の代わりにお願い〟と、あの子はこの手を強く握り、自分にそうお願いしたのだ。清子はママの涙を望んではいなかった。ならばこのまま清子としてそばに居続けることが、救うことのできなかった清子へのせめてもの償いになるのではないか――。

だから島から追い出されるように東京へ行くことになった時、子豚は決意した。これからの人生は、清子に捧げようと。

清子として、生きようと。

慣れない都会での暮らしは戸惑うことばかりだったが、喋らない清子を、両親が支えた。正体を隠した子豚は懸命に言葉を覚え、人間の生活を学んでいく。

清子ならこうする、清子ならこうしない。思い出の中にある少女の選択に従って、あの子の人生を想定してなぞった。清子がやりたいと望んだフルートを演奏し、凜と淑やかな美少女へと成長する。大きくなった清子はきっと、誰からも愛される人気者になるに違いなかった。

進学校へ通い、大学を受験して、母親の一族が経営する一流のデパートに勤め、幸せな結婚をする。あの日ママゴトで母親役を熱望した清子のことだから、育児休暇を取るよりは退職し、主婦業に専念するのかもしれない。

未来を見据えた選択も、子豚は思い出の中の清子に尋ねて決める。

それこそが、清子の人生を奪ってしまった子豚の贖罪《しょくざい》。

それだけが、死んでしまった〝清子〟を幸せにできる唯一の方法。

しかしそんな計画も、突然現れた黒子たちによって壊されてしまった。

「〝清子〟は、幸せにならなきゃいけないの。……いけなかったのよ」

波多野は豚鼻を晒したまま、驚くヨナの表情を見つめる。

「……やっぱりあなたを連れてくるべきじゃなかったね。向こうへ戻る扉は持ってる？」

「あ、ああ」

ヨナはショルダーバッグを前に回し、亀井のオバーにもらった神棚の一部を取り出す。

「あなたはそれを使って、宇嘉見島に帰って」

「……お前は、どうするんだよ」

「私は醜い黒豚よ。映画に出そうなんて気も、なくなったでしょ？」

「帰らないのか？　ここに残る気なのかよ」

波多野は、壁に開いた窓へと視線を滑らせた。

眼下に点々と灯る城下町の明かりが、城から溢れた〝よどみ〟の濁流に呑まれていく。遠くから、神々の悲鳴が聞こえた。

「こうなったのは私のせい。〝よどみ〟はウヮーガナシーが食べなきゃ消えないのよ。私が死ななきゃ、新たなウヮーガナシーは生まれない。ならもう――食べるしかないじゃない」

うつむいた波多野に、ヨナは声を荒らげた。

「母ちゃんはどうするんだ！　お前は波多野の母ちゃんを悲しませたくなくて、今まで頑張ってきたんだろ」

「お別れが七年遅くなっただけよ。本当の清子は、七年前に死んでるんだもの」

「だからっ……それを、変えたかったんじゃないばっ？」

「変えたかったよ！　変えようと頑張ったからわかるの。無理だった。結局私は豚だった」

近づくヨナから距離を取って、波多野は足を下げる。背をもたれた欄干が、その重さに軋んだ。

「諦めんなよ……。らしくねえじゃんか！」

「来ないでってば！」

波多野が叫んだその時、いよいよ体重を支え切れなくなった欄干が根元から砕ける。

ヨナの目の前で、波多野の体は欄干の外へと傾いていく。

「え」

「波多野っ！」

ひっくり返る天井に、波多野は固く目を閉じた。階下は〝よどみ〟の満ちる大広間。濁流の水面に落ちれば転落の衝撃は和らぐかもしれないが、体重の重い波多野は泳げない。落ちればあとは沈むだけ。怖気を走らせ、息を止めた。

落下した欄干の一部が水面を叩き、飛沫《しぶき》が上がる。

しかし波多野は宙ぶらりんのまま、手首を掴まれ転落を免れていた。

恐る恐る目を開けて顔を上げれば、すぐ近くにヨナの顔がある。

「重っ……!!」

波多野の腕を両手で握りしめたヨナは、残った欄干に足を絡ませていた。欄干と波多野の間で繋ぎの役割を果たしている。しかし残った欄干もまた波多野の体重に耐え切れず、ミシミシと軋み傾いていく。それを駆け寄った環が掴み、引っ張った。

「離すなよ、人間。絶対に、黒豚様を離すなっ」

ヨナが波多野を吊り、ヨナが足を絡める欄干を環が引っ張ることで、かろうじてバランスが保たれる。ヨナは環へと振り返り、床に落としてしまった神棚の一部を差して叫んだ。

「なあ、お前さ！　そこに小っちゃい扉落ちてるだろ！　取ってくれ」

「命令すんな、人間のくせに！」

環は足を踏ん張りながら叫んだが、それでも引っ張る欄干から片手を離し、床板に落ちている小さな扉へと手を伸ばす。しかし中指の先が触れるものの、引き寄せるには至らない。

「ダメだ、届かんっ……！」

濁流の轟音に、「離して！」と波多野の怒声が混じる。

「もういいの。このままじゃ、あなたたちも一緒に落ちちゃう！」

掴まれていない方の腕を持ち上げ、ヨナの指を剝がそうとする。

顔を真っ赤にしたヨナは波多野の言葉に抗《あらが》い、指先に力を込めた。

「嫌だ、離さない。島には一緒に戻ろう。お前の母ちゃんも待ってる」

「ママが待ってるのは、清子の方だわ！」

波多野が声を荒らげると、その拍子に欄干は軋んで傾く。

「ママは私を……清子として愛してくれたのよ。けれどもう限界が来てたんだわ。私が清子を見捨てた豚と知れたら、きっとママは私を許さない。そしたら、私は二度と――」

「怖いば⁉」

ヨナは、目を赤くした波多野を見据えて尋ねた。

「それでも立ち向かうのが波多野だろ。苦しい時でも胸張ってさ。泣かないように強がって。そんなお前が、ここまで来て、もういいなんて言うば⁉」

「だから、それは私が今まで演じてた清子なんだってば！」

「わかってるよ！　けど俺が出会ったのはお前なんだ」

その歌声を聴いて感動した相手は。映画を撮りたいと思ったのは。

思い返すのは、タンナファクルーを頬張る幸せそうな表情。

ヨナが目を奪われたのは、この波多野だ。

「お前が重いってことも、知っててこっちは飛び出したんだ！　お前は重い。バカみたいに重い。人間になろうとした嘘つきな子豚だろ。ちゃんとわかってる」

ヨナは強く、波多野の細い手首を握りしめる。

「だから絶対に離さねえよ」

「……バカじゃないの」

ヨナの背後で声が上がった。環が、満面の笑顔で小さな扉を掲げる。

「やった！　取った、取ったぞ、にんげ――あ」

直後に欄干が根元から割れた。波多野の重さに引き摺《ず》られ、三人は砕けた欄干ごと宙に投げ出された。濁流の轟音に混じり、環の絶叫が響き渡る。

黒く濁った水面に、一際大きな水飛沫が上がった。

第四話《ユーチ》　黒豚姫

強い雨が頬を打ちつけていた。

目を開けるよりも先に体中が痛み、ヨナは唸る。

自分の名前を呼ぶ声がして、うっすらと目を開いた。

ぼやけた視界いっぱいに、波多野の顔が広がる。

「ヨナ！　ああ良かった。生きてたっ！」

「波多野……？」

体を起こそうと腕を立てた。すると肩の付け根に激痛が走り、顔をしかめる。

その様子を見た波多野が、ヨナの甚兵衛の袖を捲った。

「……腫れてるわ」

「うぷ」

わき上がる吐き気に耐え切れず、ヨナは嘔吐する。吐き出した液体が、どろりと黒く濁っている。広げて見下ろした手の平も、ネバネバとした黒い液体で汚れていた。

向き直って波多野を見る。

豚鼻ではない、いつもの波多野だ。藍色の浴衣は雨に濡れて乱れていた。まとめていた黒髪は肩の下に落ちている。三角頭巾や前掛けはなく、見れば下駄さえ履いていない。白い肌や紺の浴衣のあちこちには、ヨナと同じような黒いネバネバが付着していた。

このネバネバは……〝よどみ〟だ。

吹き抜けの二階部分から落下したことを思い出し、ヨナは波多野に詰め寄る。

「波多野！　怪我は？」

「私たちは大丈夫。あなたが一番の大怪我だわ」

波多野の向いた先を見れば、巫女装束姿の環が踊っている。大きなクワズイモの葉を傘代わりに差し、おかっぱを揺らす様は座敷童《ざしきわらし》のようだ。

「……何はしゃいでんだ、あいつ」

「初めて来た土地で舞い上がってるのよ。見習いの神は原則、ニライカナイから出ちゃダメだからね」

「……え、ここニライカナイじゃねえの？」

辺りは雑木林に囲まれている。薄暗い空からは雨が降りしきり、時折ゴロゴロと雷が鳴る。

少し離れたところに、見覚えのある赤いコーンが転がっていた。斜面を見上げると、遠くに屹立《きつりつ》するガジュマルの影が確認できた。

あれはヨナたちが秘密基地にしていたガジュマルだ。

「……戻って来られたんだな」

〝よどみ〟はガジュマルの幹から流れ出していた。黒いネバネバは広い範囲で斜面を流れ、座り込んだヨナの尻を浸している。

「濁流の中で環が扉を開けてくれたみたい。私たちは〝よどみ〟と一緒にここまで流された――」

ヨナが立ち上がると、その体を波多野が支えた。

「……けどそのせいで、〝よどみ〟が島にまで流れ出ちゃってる」

「どうなるば……？　流れたら」

「〝よどみ〟に触れたら……穢れてしまうと、そう言われてる」

波多野の言葉に、ヨナは目を丸くする。ネバネバした自身の手を見下ろした。

「いや……。触ってんじゃん、俺ら」

波多野は静かに苦笑した。

「ね。〝何か良くないことが起こる〟とは言われてるけど……それが具体的に何なのかはわからない。伝承なんてもしかして、そんなものなのかも知れないわ。みんなが怯える穢れって……結局、わからないから怖いのよ。そんなものに私は……振り回されていたのかな」

波多野は〝よどみ〟の流れていく斜面の向こうを見つめる。

「取りあえず雑木林の中で雨をしのぎましょう。風邪ひいちゃう」

ヨナは波多野に支えられ、歩き出す。裸足で泥を踏む感触が気持ち悪かった。

「……夢じゃなかったんだな、やっぱ」

神はいた。神々の住む国ニライカナイもあった。いまだ意識はぼんやりとしていて、どこか夢心地ではあったが、夢ではなく現実だ。神の集う夜市も、頭上を泳ぐクジラも、波多野が人間ではなく、黒豚ウヮーガナシーであったということも。

「大丈夫……？」

波多野が、青白いヨナの顔を覗き込む。

「その……ごめんね。人間であるあなたまで巻き込んじゃった。あなたは関係なかったのに」

「謝んなよ」

波多野の言葉を、ヨナははねつける。

「謝んなくても、いいから」

「……うん。じゃ、謝らない。……ありがと」

雑木林の中に入ると、環が「あぁっ!?」と袴を持ち上げ駆けてくる。寄り添うように歩く二人の間に割って入り、力いっぱいヨナを睨みつける。

「近い近い近すぎるっ！　離れろ人間っ」

「何だよ、いきなり……」

「環も。さっきは助けてくれて、ありがとう」

ハッと波多野に振り返った環は、眉尻を下げて畏《かしこ》まった。

「……いえ、だって、環は黒豚様の侍女です。だからこそ、環は謝らなければなりません……。黒豚様が人間界へと逃げ出すほど思い悩んでいたなんて、知らなかった」

「ううん。謝るのは私の方よ。役目を投げ出して逃げたりして――」

「いえっ」と環は言葉を遮り、波多野の頭上にクワズイモの傘を差す。

「けどこれからはどうか、環たちがいること、忘れないでくださいまし」

「……うん。ありがとう」

「しかし黒豚様を魅了した人間界ってどんなもんかと思いましたが、案外ニライカナイと変わらないもんですね。ガジュマル、デイゴにサルスベリ。あ、でも川は汚いな。人間どもに汚されてしまったのでしょうか」

環は再び、隣のヨナを睨みつけて言った。

「いやひでえ濡れ衣だわ……。ってか、そんな汚いか？」

「ああ真っ黒。何て名前の川か知らんが、環だったら、よどみ川って名付けるね」

南山に流れる川といえば、神守川に合流する小川しか思い当たらない。

「……〝よどみ〟が川にまで流れてるんだわ」

波多野が眉根を寄せてつぶやいた。

環に連れられ、覗いた小川は確かに黒く濁っていた。不自然に汚された水面は、まるで座礁したタンカーから漏れ出た原油のようだ。いつかニュースで見たタンカー事故の映像を連想する。真っ黒に染まった海は、見ていて痛ましく感じられた。

「これ……ずっとこのままなのか……？」

「……そんなことないと思う。川は海に繋がってるでしょ。海まで流れれば、拡散して海原の底に散るだけだわ。少なからず残る〝よどみ〟は、誰かが除去しなきゃいけないかもね」

「じゃ……いいんだよな。これで……？」

ガジュマルの幹から、七年もの間溜められた〝よどみ〟は、絶えず流れ続けている。

ヨナは小川の下流を望んだ。丘の斜面からは、眼下の宇嘉見町が一望できる。

祭り囃子はもう聞こえてこない。

暗がりの中、会場の明かりが頼りなく灯っているだけだ。

ゴオォと唸る風の音が、夜空に響いていた。宇嘉見島を覆う厚い雲が勢いよく流れ、まるで空全体が一つの生き物であるかのように鼓動している。

「なあ波多野。この嵐は、流れ出した〝よどみ〟のせいなのか」

「それは……ごめん。わからない……」

〝よどみ〟は海へ流れるのだ。嵐は直に止むはず。なのにヨナの胸中には、訳のわからない不安が渦巻いている。この荒れ狂う空や川の黒さが、気をそぞろにさせる。

〝何か良くないこと〟が起こりそうな、嫌な予感がする。

眼下の雑木林の中に、もぞもぞと動くものがあった。

ヨナは木陰に目を凝らす。

「亀井のお婆ちゃんだわ！」

ヨナがその姿を認める前に、波多野は声を上げて斜面を駆け下りていった。


ヨナの予感は当たっていた。

ガジュマルの木の幹から〝よどみ〟が溢れて流れ出した時、嵐はまだ来ておらず、空には星がまたたいていた。オバーと依子は濁流に呑まれ、斜面を転がり落ちたのだという。

オバーは木にしがみつき何とか難を逃れたが、依子は一輪車と一緒に流されてしまった。

降りしきる雨の中、オバーは雑木林の中を、依子を探し歩き回っていた。倒れたところを波多野に抱きかかえられ、うっすらと目を開く。

「捜さんね……」

青白くなった顔で波多野を見上げ、しわがれた声でつぶやく。

「早《は》よ探さんね。依子ぐゎや、どこかで泣いてるはずよ……」

オバーの言葉に、ヨナの心臓がキュウと締めつけられた。

× × ×

宇嘉見島は嵐の中にあった。木々の梢が強風に煽《あお》られてざわめき、夜空に町内放送が木霊する。響き渡るメロディは『てぃんさぐぬ花』ではなく、けたたましいサイレンである。

『豚祭りは中止となりました。速やかに帰宅してください。祭りは中止となりました。水嵩《かさ》が増しています。川の沿岸へは近づかないでください――』

雑木林の中は、いつにも増して暗い。

「ねえヨナ。いったん町へ下りた方がいいわ……」

雨に全身を晒したまま、ヨナと波多野は環を引き連れて、依子を捜索していた。脱げた履物の代わりにクワズイモの葉を巻いて、雑木林の中を歩き回る。

肩を怪我したヨナの代わりに、弱ったオバーは波多野が背負っていた。

「大丈夫？お婆ちゃん」

「最期に、ドラゴン飴が食べたかったねえ……」

「ちょっと、最期とか言わないでよ」

焦る波多野の耳元に、オバーは声を潜めた。

「豚童や……。七年ぶりの故郷は、どうだったね」

「……懐かしい面々に会えたわ。言いたいことは、全部言えた。お婆ちゃんのおかげ」

「決めたわけ？　豚童として生きるか、ウヮーガナシーとして生きるか」

「……どうかしら。役目を捨てて清子として生きるべきか。ママを捨てて豚として生きるべきか。正解がもう、わかんなくなっちゃった」

「はっさ。正解を探そうとするから、わからんくなる。そんなものはどこにもないよ。正しい道じゃなく、行きたい道を選ばんね。〝波多野清子〟でもなく、〝ウヮーガナシー〟でもなく。あんたは？　あんた自身は、どうしたいわけ？」

「私は……」

波多野はオバーをよいしょと背負い直し、考えた。

しかし程なくして耳元に寝息を聞き、オバーが眠ってしまったのだと気づく。握ったその手は冷たい。依子の捜索も大事だが、やはりこのまま老体を雨風に晒してはおけない。

「ヨナ、やっぱり一度山を下りて人を呼んで来ましょう。捜索は人が多い方がいいわ」

「……」

前を行くヨナは振り返らない。足を止めようとさえしない。

「ねえってば。聞いてるの？」

「……子どもが神隠しに遭ったとなると、またウヮーガナシーのせいにされる」

ヨナは波多野に背を向けたまま、いら立ち混じりに言う。

「この島の人たちはアホだから！　何か良くないことが起きたら、誰かのせいにしなきゃ落ち着かねえんだ。七年前に下地清子が消えた時みたいにさ、またお前が……。ウヮーガナシーが悪者にされる。そんなのは、嫌だ」

「……実際に、私のせいだよ」

波多野は恐る恐る答えた。依子が〝よどみ〟によって流されたのであれば、それは役目を放棄してしまった、自分のせいに違いないのだ。

「違う。俺のせいだ」

波多野の言葉を否定し、ヨナは振り返る。その表情は焦燥《しょうそう》に満ちている。

「俺が、あいつを連れてきてしまったから！」

稲光が走り、二人の影を地面に映した。

空を裂く轟音の下、一同は雑木林を下っていく。

波多野は先を行くヨナの背中を見つめる。

もしも、万が一。依子がこのまま見つからなければ。嘆き悲しむヨナの胸からは真っ黒な〝よどみ〟が発生するだろう。その痛みは、長い間彼の心を締めつけ、苦しめることになる。誰かが取り除かなくてはならないのだ。

もう逃げることはできない。それが自分の大切な役目ならば、その時は。

ヨナの背中に、波多野はそっとつぶやいた。

「……その時は私が、食べてあげるから」


外灯に吊るされたノボリが、今にもちぎれそうな勢いではためいていた。

山を下りた先の沿道で、連なる提灯を外す大人たちと遭遇する。波多野は亀井のオバーを大人たちに預け、事情を説明した。

排水溝からゴボゴボと雨水が溢れ、どこかで強風に飛ばされた看板がアスファルトを打ちつける音がする。

環の握るクワズイモの傘も、この強い風の中では何の意味もない。手を離れて飛んでいく葉っぱを、環は慌てて追い掛けていく。

波多野は目を伏せたままのヨナの代わりに、大人たちの質問に答える。

「何？　山城さんの下の子がな？　神隠しなのか？」

「わかりません。けど、捜索が必要だと思われます」

すると二人の背後で、環が声を上げた。

「おい、今！　何か聞こえたぞっ」

振り返ったヨナは、こっちへ来いと跳びはねる環の元へ走った。

雨音に混じって、近くを流れる神守川の轟音に混じって、確かに泣き声が聞こえた。

環の背中を追って辿り着いたのは、神守川の河原。嵩の増した水辺につま先が触れ、思わず一歩足を下げる。土砂や泥水を巻き込み、濁る川の流れは速い。

耳を澄まして、暗がりの中へ目を凝らす。

川の中央に出っ張った岩場が水面から突き出ており、そこに大木が引っ掛かっている。

環が指を差した。

「ほら、いたぞ！　あれじゃないのか？」

「いた……。いたっ！」

大木から突き出た枝葉の根元に、一輪車が挟まっている。

その縁にしがみつき、依子は声を上げて泣いていた。

×　　×　　×

一輪車が浮き輪代わりとなり、大木へと引っ掛かったのは不幸中の幸いだった。しかしそこからどこにも行くことができず、依子は川の中央で途方に暮れ泣き続ける。

雨風に晒され、激流の中で依子の体力は削られていく。

依子の危機はすぐに知れ渡り、神守川の河原に大勢の人たちが集まって来る。消防車や救急車がけたたましいサイレンを鳴らし、河原へと駆けつけた。

土手と河原の間には、二次被害を防ぐための規制線が張られた。

人々は緩やかな斜面の土手の上で、依子に声援を送る。

「頑張れ《チバリヨー》！　依子！」「しっかり掴まって！」「もうすぐだから！」

両岸から強いライトに照らされて、依子はやがて泣くのをやめた。

泣かないことで体力の消耗を抑えられるのはいいが、声が聞こえなくなると、ヨナは一層不安に駆られる。川の中央でじっと一輪車にしがみついている依子が、今にも波に呑まれ流されてしまいそうで、気が気でなかった。

肩の痛みも忘れ、人混みの最前列で声を上げる。答えない依子に向かって何度も、何度も。前に出過ぎたせいで、駐在と一緒になって人垣を抑えていた担任教師のアンダーソンに押し返された。

「河原に入るな、ヨナ。お前まで流される」

「だって先生！　早く行ってやんないと、依子が」

「大丈夫だ。絶対に助かるから。今、消防団の人たちが助ける方法を考えてるから」

しかしそう言うアンダーソンの顔も、苦渋に歪んでいる。

ヨナは消防車のそばに、オレンジ色のツナギを着たマサルを見つけ駆け出した。規制線の外側から「マサルニーニー！」と声を掛ける。マサルの被るヘルメットライトの光が、ヨナに向けられた。

「来るなよ、ヨナ！　俺《ワッター》たちに任せとけ」

マサルはそれだけ言って工具袋を担ぎ、河原へと走っていく。

すでに救出活動に当たっている団員からは、「ならん」と声が上がっていた。

「流れが速すぎる」「近づけない」そんな言葉を聞くたびに、ヨナの焦燥は募る。救出作業が難航していることは、ヨナの目から見ても明らかだった。

河原から投げられた浮き輪は強風にあおられ、依子の元へ届く前に水面へ落ちる。何度も手繰《たぐ》り寄せては浮き輪が投げられるが、失敗するたびに周囲から大きな嘆息が漏れた。

ゴムボートを出して漕ぎ出そうにも、激流で乗り込むことすら困難な様子だ。

「くそっ……。何やってんだよ」

ヨナのそばに追いついた波多野が、唇に指を当ててつぶやいた。

「ヘリとか……はしご車とかで引っ張り上げられないの……？」

「ねえよ、そんなもの。この島には」

消防団員たちはワイヤーロープを持ち出し、それらを繋ぎ始めた。

下流に架かる橋から、向こう岸へロープを渡そうというのだ。

対岸にさえロープが渡れば、それを伝って依子の元へ行くことができる。しかし川にワイヤーロープが張られたその直後、土手から「わあっ」とどよめきが上がった。

一輪車が大木の枝から外れ、依子ごと川下へと流されていく。

二度、三度と沈んでは顔を出す依子の姿を、たくさんの懐中電灯が追い掛け、水面を照らした。一輪車にしがみつき、流されていく依子を追って、人々は一斉に下流へと走り出す。

波多野もまた、ヨナとともに土手の上を走った。

依子の声は聞こえなかったが、沈まないよう必死に顔を水面から上げる様は、「助けて」と叫んでいるに違いなかった。助けて。この手を摑んで――と。

波に呑まれもがく依子の姿が、七年前の清子の姿と重なった。

「……」

波多野は失速し、やがて足を止めた。

川に張られたワイヤーロープを越えて、一輪車は流れていく。人々は指を差した。ワイヤーロープの中央に、依子がしがみついている。

「引っ張り上げれっ！」

誰かがそう叫んだが、激流の中ロープを手繰り寄せるには、依子の体力が心許《こころもと》ない。誰かが川の中央まで迎えに行かなくてはいけない。しかし消防団員たちが川辺に浮かべたゴムボートは激流に揺れる。団員がワイヤーロープを摑めば依子も揺さぶられることとなり、またも人々からどよめきが上がった。

「依子ーっ！」

波多野は土手の斜面から、河原まで下りて叫ぶヨナの姿を見つめる。

人混みからヨナの父親が飛び出し、川へ入って行こうとするのを止められていた。見れば泣き崩れるヨナの母親や、そのそばで母親を支えるいなみの姿もある。

波多野は土手の上から河原を見渡した。松葉杖をついたアキ坊や、マル、浴衣姿の八重子など見知ったクラスメイトたち。狭い町だ。東町の多くの人が、依子を助けようと集まっている。その誰もが、不安で胸を締めつけられているのか、表情を歪めている。

人混みを外れた場所に、波多野はママを見つけた。

胸の前で手を握り、心配そうに川を見つめていた。

「環。いる？」

つぶやいた波多野の声に、環が背後から現れる。

「いますよ。環はいつでも、黒豚様のおそばに」

「川に流れる〝よどみ〟を集めて。見習いでも使えるでしょう？　黒子は」

「え？　今ですか？」

「今よ。急いで」

頭を掻いた環は、「まだ残ってたかな」と懐を探った。取り出したのは、黒い紙で作られた切り絵だ。連なる人型の紙を開き、足元に放る。するとその切り絵からじわりと影が滲みだし、紙で作られた人型と同じ数——六体の黒子が姿を現した。

環の指示に従い、黒子たちは川辺へと移動を始める。川縁に屈み、水面へ手を突っ込んだ黒子たちは、黒く粘ついた〝よどみ〟を、両手を皿にしてすくい上げる。

波多野は土手の上に膝を曲げた。その前に次々と〝よどみ〟が運ばれてくる。

黒く粘ついたそれをひと塊摑み取り、深呼吸を一つ。

意を決して、波多野は一思いにかぶりついた。

次の瞬間「うぷ」と頰を膨らますが、口元を手で押さえ飲み込む。

「まずっ……」

瞳を潤ませながらも、波多野は〝よどみ〟を食べていく。片手では間に合わず、両手を使った。頰に黒い〝よどみ〟を付け、あごを動かしがむしゃらに食べ続ける。

黒子たちは人々の合間を縫って往復し、〝よどみ〟を運び続ける。

依子の救出活動を見守っていた人々は、すぐにその異様な人影の存在に気づいた。黒子を追って振り返った先には、黒いネバネバを次々と頰張る豚童の姿がある。

「波多野っ！」

その姿を見つけ、誰より先にヨナが駆け寄る。

「何してんだよ、お前」

「……どうして水が怖いのか。以前、考えたことがあったわ。溺れた過去やトラウマがあったわけじゃない。でもどうしてか私は、水が怖くて仕方がなかった」

波多野は頬を膨らましながら、ヨナを見上げる。

「水ってさ。流れるものでしょう？　だからなのかなあって思った。私は〝よどみ〟を溜める存在――ウヮーガナシーだから。流れる水とは、相性が悪いの」

「……豚の姿になるつもりかよ。ここで？」

「重ければ流されない。あの激流でも、たぶん」

豚のものとなった鼻を隠そうともせず、波多野は答えた。

「お前……こんなとこで変身したら、島にいられなくなるぞ」

「いいの。私はもう、見たくないの。子どもを失う母親の涙なんて。……人間なんて嫌い。弱くて、臆病で、傷つきやすくて、すぐに〝よどみ〟を発生させちゃう人間たちなんて。けど不思議。この島の人たちの、あんなに苦しそうな顔、見たくない」

河原から、大勢の人が土手を見上げている。

波多野は島の人たちの視線を浴びながら立ち上がる。

「だから決めたよ。やっぱり私は、ウヮーガナシーとして生きる。これが私の行きたい道。安心して、ヨナ。〝何か良くないこと〟なんて曖昧なもの。私が全部食べてあげるわっ」

波多野はヨナを通り過ぎ、土手を下りる。その姿形が、ゆっくりと変化していく。河原に近づくにつれ、足跡が大きくなる。人のものとは思えない豚の鼻。黒髪から覗く尖った耳。その頬には、ウヮーガナシーと同じ朱色のライン。河原に下りた波多野の異様な雰囲気に、自然と人々は道をあけた。

アキ坊やマル、八重子たちが、訝しげに波多野を見つめる。

人垣の向こうに驚いた表情をした母親の姿を見つけ、波多野はつぶやいた。

「ごめんね、ママ――」

川辺に立ち、つま先を濡らす。波多野は今一度、大きく深呼吸する。

「……大丈夫。私は留める者。流されない。怖くないわ、水なんて……！」

つぶやいて、川の中へと入っていく。

「波多野っ！　待てよ」

腰まで川に浸した状態で、「ああそうだ」と波多野は振り返った。

追い掛けて来たヨナに人差し指を立てる。

「……一つだけ、お願いがあるわ」

「何だよ」

「醜い姿となった私を、できれば。嫌いにならないでね」

そう言って波多野は目を細め、はにかむように笑った。

直後に黒髪が風にうねって膨らみ、その体がますます肥大化していく。はだけた浴衣から覗いた白肌が、黒い毛並みに覆われていく。

波多野の変化を目の当たりにし、人々がどよめいた。

「ウヮーガナシーだ……」と誰かがつぶやけば、その恐怖が伝播《でんぱ》していく。人々は口々に騒ぎ立てる。やはりあの子は穢れていたと。豚童がとうとうウヮーガナシーになったのだと。

水面に上半身を晒す大豚に、無数の懐中電灯の光が当てられた。太い手足に、膨らんだ腹。黒の歪なシルエットに、目尻の赤味が浮き上がって見える。下顎から口をはみ出し湾曲する二本の牙。黒目だけのつぶらな瞳が、川の中央にいる依子を見つめる。

「オオオォォォオッ！」

臓腑《ぞうふ》に響く黒豚ウヮーガナシーの雄叫びが、雨空を裂いた。

それから一歩ずつ、川底を踏みしめて歩き出す。ウヮーガナシーは泳げない。だから重さに任せて歩いていく。激流に押され傾く体。流れに逆らい、川底をすって進んでいく。

人々は、その姿を河原から見つめた。

「助けようとしているのか……？」と誰かが言った。するとまた別の誰かが、「食べる気かもしれない」とつぶやく。

「あれは子どもを攫って食べる悪神やさ。あの子も食ってしまうつもりかもしれないよ」

「助けようとしてるに決まってんだろ！」

ヨナは激昂して叫び、波多野の姿を追って河原を走る。

川の中央付近にまで近づくと、ウァーガナシーの体は肩の上まで水に沈んだ。荒立つ波が、上を向いた鼻や尖った耳を打ちつける。ウァーガナシーは、じっと押し黙って依子を見つめていた。今にも波に攫われてしまいそうな依子の小さな姿だけを見つめて、ゆっくりと着実に進んでいく。

その時、河原にいた群衆たちがどよめいた。人々の指差す川上から、大木が流れて来る。歪な形をした大木はウァーガナシーを通り過ぎ、依子の摑まるワイヤーロープに引っ掛かる。川の両岸でロープを結びつけていた二台の消防車が、その衝撃に耐えきれず砂利を滑った。ワイヤーロープがたわみ、しがみつく依子が波間に揺れる。

バチン、と何かが弾ける音がして、ヨナは対岸の消防車に繫がるロープが外れ、水面に跳ねるのを見た。ウァーガナシーは依子へと腕を伸ばし、前に跳んだ。

外れたワイヤーロープごと沈んでしまった依子とともに、豚の巨体もまた水中に消える。スポットライトに煌めく水面は、ただ激しく波打つだけ。

依子の姿も、ウァーガナシーの姿も見えない。

風と波の音だけを残し、人々はしんと静まり返る。

「依子……。波多野っ……！」

痺れを切らしたヨナが声を上げ、川縁《かわべり》に足を寄せたその時、飛沫を上げてウヮーガナシーが顔を出した。ライトが一斉にウヮーガナシーを照らし出す。

持ち上げられた前足に、依子の姿を見つけた人々が歓声を上げた。

ウヮーガナシーは依子を水面に浸さないよう、その大きな頭の上に乗せた。

それから残ったワイヤーロープを伝って、一歩ずつヨナのいる河原へと戻って来る。鼻先を荒れ狂う波にぶつけ、「ブヒィ、ブヒィ」と口の端から水を吐き出しながら、ゆっくり、ゆっくりと。

「頑張れ……波多野」

ヨナは手をメガホンのように口元に添え、声を上げようとした。その時——。

「頑張れえっ！」

すぐそばで同じように手を口元に添え、八重子がウヮーガナシーに叫ぶ。

それを皮切りに、河原から次々と声援が上がった。

「もう少しだ！」

「しっかり摑まれえっ！」

合羽を着て懐中電灯を首からぶら下げた人や、この嵐の中、傘を差す人。祭り帰りの浴衣姿に、オジーやオバー。顔見知りの大人たち。依子の救出劇に、島の人たちは声を上げる。

ウヮーガナシーの頭が、しがみつく依子を残して波に呑まれる。その姿を河原でじっと見ていることなどできず、ヨナはウヮーガナシーの摑まるワイヤーロープを摑んだ。

「待ってろ、波多野。今、引き上げてやるから」

「危ねえぞ、ヨナっ！」

ロープを握るヨナの背中に、マサルの怒声が飛ぶ。ロープから引き剝がされるのかと思った。河原から離れるよう言われるのかと思った。しかしマサルはヨナの前に立ち、一緒になってロープを引き始める。

「一人じゃ意味ねえだろ、こういうのは！」

消防車に繫がるワイヤーロープの元に、次々と消防団員たちが集まってくる。オレンジ色のツナギを着た団員たちに、ヨナの父親が、アンダーソンが、島の男たちが加わる。

それから、一斉に声を上げた。

「エイッサー、ヨイヤッサー！」

ウヮーガナシーが川底の窪《くぼ》みに足を取られ傾くと、砂利を踏む人々の足が滑る。

「踏ん張れ」と誰かが叫んだ。「頑張れ」「もう少し」とお互いを励まし合い、人々はロープを引き続ける。

「……巫女服だ」

ヨナのすぐそばでロープを引いていたマルがつぶやいた。

その視線を追って顔を上げれば、消防車の上に環が立ち、クワズイモの葉を振っている。

「しっかり引けよ、人間どもっ」

環は雨空に叫んだ。

「黒豚様をお助けしろおおっ！」

「エイッサー、ヨイヤッサー！　エイッサー、ヨイヤッサー！」

ロープを掴んだウヮーガナシーは、河原へと引っ張られる。

そして依子をその頭にしがみつかせたまま、いよいよ浅瀬へとつんのめり、うつ伏せに倒れた。巨体の転倒にズシンと地が震え、砂利が跳ねる。

群がる人々によって、頭の上から依子が救出された。タオルケットに包まれ、土手の上に待機していた救急車へと運ばれる。

「波多野！　しっかりしろ、波多野」

ヨナは家族とともに救急車へは向かわず、目を閉じたままのウヮーガナシーに呼びかけた。

ウヮーガナシーは目を閉じたまま、微かな呼吸に背を上下させていた。ふしゅう、と大きな鼻息が漏れる。

「ごめんなさい、ちょっと、通してください」

人垣を割って、波多野の母親が姿を現す。

「清子！」

ウヮーガナシーのそばに屈み、その大きな顔を抱くようにして手を添える。固く目をつぶり、悲痛に歪むその表情に、ヨナのかつて抱いた恐ろしい母親の印象はなかった。

人垣の向こうから環の声がして、ヨナは顔を上げた。

「待ってくださいっ……！　連れて帰るって、別に今じゃなくても」

人垣が割れて登場した環。その向こうに現れた人物を見て、ヨナは目を見張る。

「……ミルク神？」

雨降りしきる夜の中、薄く発光しているのは、ニライカナイで見たミルク神だ。宴会に集まっていた神様たちの中でも、最高に偉いと環が説明してくれた神様。その背後に隠れるようにして、バクの神様もいた。こちらは取り囲む人々の視線に怯えているようでもある。

二人は環の制止も聞かず、ウヮーガナシーに縋りつく母親の前まで歩いてくる。

ヨナは、今にも泣き出しそうな環に尋ねる。

「おい……この神様たちは……何で」

「黒豚様を連れ戻しに来たんだ。ニライカナイはまだ〝よどみ〟で溢れてる。穢れを祓うのに黒豚様の力が必要なんだと。けど今は、休ませてあげなきゃ――」

「そんな暇はありません」

ミルク神にぴしゃりと言われ、環は肩を跳ねさせた。

「神々の住まう国が穢されたままで良いはずがない。復興は火急。これは七年もの間、彼女が私たちを欺き続けた結果なのですから、その責任は果たしてもらいます」

ミルク神は淡々と言い放つ。宴会の時はうっすらと浮かべていたアルカイックスマイルが、今は消えている。

立ち上がり、前に出た波多野の母親に、ミルク神は小首を傾げた。

「貴女は？」

「この子の母親です。どこのどなたか存じませんが、この子の意思も確認せず無理やり連れて行くというのは、あまりに勝手ではありませんか」

波多野の母親は、偉い神様を前にして胸を張った。

ウヮーガナシーを背に立ちはだかる母親に、ミルク神は小さなため息をつく。

「いいえ、貴女は彼女の母親ではありません。なぜならその醜い大豚は、人間ではないのだから」

ヨナは嫌な予感を覚え、声を上げた。

「ちょっと、あんた……！」

「川で溺れ死んだ下地清子に成り代わり、人間に化けた黒豚、ウヮーガナシー。〝よどみ〟を食べるという大切な役割を放棄し、ニライカナイから逃げ出した悪神。それがその子の正体です」

波多野が七年間懸命に守り続けてきた秘密を、ミルク神はさらりと明かしてしまった。

しかし波多野の母親は、動じなかった。

「存じております」と毅然として答え、さらに胸を張ったのだ。

「この子が本物の清子でないことなど、七年前、山で発見されたこの子を抱きしめた時にとっくに気づいております。けれどこの子は、清子の代わりに清子であろうとした。私たち家族が悲しまないよう、震えながらも懸命に演技を続けていた。そんなこの子を、どうして蔑《ないがし》ろになどできましょう」

波多野の母親は、真っ直ぐにミルク神を見据える。

「東京に黒子が現れた時、この子が望むのなら、島に返すつもりでいました。無理して人間社会に馴染ませるよりも、元いた場所に帰る方が幸せならば、清子の人生から解放してあげようと。けれどこの子を豚と罵るのなら。そんな人の元に、この子を預けるつもりはございません」

ミルク神は僅かに眉を顰《ひそ》めて不快感を示した。

「……おごりが過ぎる。貴女が背にしているものは、曲がりなりにも神だということを知りなさい。人の手で育てられるものではない。いいですか、人間っ。その醜い大豚は——」

バシィンと頬を弾かれた音のあとに、人々の間からどよめきが上がる。ウヮーガナシーを指差し、三度豚と口にしたミルク神の頬を、波多野の母親がはたいていた。

「人間だからとか、神様だからとか。そんなちっぽけなことなど、どうでもいいの。大切なのはこの子の意思。誰であろうと、それを蔑ろにするのは許さないわ。娘を護らない母親などいるものですかっ……！」

しん、と辺りは静まり返った。

バクの神様は恐る恐る、頬を打たれたミルク神を見上げる。

ミルク神は目を丸くして、赤くなった頬へ指先を触れた。

それからゆっくりと目を閉じて、しばし考える。

「……わかりました」

目を開いたミルク神はつぶやいた。腕を持ち上げ、指を弾く。

するとウヮーガナシーの巨体が、淡い光に包まれた。そのシルエットが、徐々に小さくなっていく。光の掻き消えたあと、波打ち際にうつ伏せとなっていたのは、白い肌を露わにした華奢な少女だ。島の女たちが、慌ててその裸体にタオルケットを被せる。

「……人に神を育てられるはずがない……。人である貴女がその少女を娘と言い張るのなら、その子は……人間、ということになりますね。私たちの、勘違いだったと」

バクの神様が慌てて声を上げた。

「え、でもそれじゃあ、ニライカナイに残る〝よどみ〟は誰が」

ミルク神はバクを見下ろし、にっこりとアルカイックスマイルを浮かべる。

「貴方が食べなさい」

「え？」

踵を返し、二人の神様は人垣を割って歩き去る。

その姿が発光し完全に掻き消えてから、波多野の母親はようやく気を緩めたのか、ふらふらと昏倒した。その体を、そばに立っていたヨナと環が支える。

「すごいな、この人……」

「……はは」

環はつぶやき、ヨナは笑った。最高に偉い神様にビンタを放ち、追い返してしまった。その凜々しい姿は、負けず嫌いの波多野と重なる。確かにこの人は、波多野の母親だ。

波打ち際の波多野へと振り返る。

波多野を運ぼうとする女性たちが「重い、重い」と戸惑っていて可笑しかった。

雨の中を、依子を診療所へと運んだ救急車が戻ってくる。

サイレンの響く夜空に降る雨は、その勢いを弱めていた。

×　　×　　×

宇嘉見島に得体の知れない神様が現れたのはあの一時《いっとき》だけで、あれきり姿を見せなくなった。しかしあの一夜の出来事が、島の人たちの神様への信仰をより篤くしたのは確かだ。この小さな島のどこかに、神々はいる。

ウヮーガナシー以外の、恐ろしい神様たちが。

「ええヨナ！　悪さしないよ、神様が見てるからね」

オジーやオバーは子どもへの忠告に、いちいち神様を絡めてくるようになった。

あの日、濁流へ飛び込み依子を助けたウヮーガナシーは、いい神様なのではないかと認識が改められた。ただし、夜に出歩いてはいけないという、あのおどろおどろしい掟は生きている。夕刻に実施される二度の放送も、いまだ行われていた。

なぜなら今度はあのミルク神が、子どもたちを攫うと言われているからだ。

「日が落ちるまでに帰らんね《ケー》、白塗りの神様《シルヌイヌウカミ》に攫わりんど、ひゃあ」

「はーい」

ヨナは簡単に返事をしながら、県道333号線沿いの沿道を駆けていく。

あの日ミルク神が波多野を連れ去ろうとしたのは、波多野がウヮーガナシーだったからなのに。あの夜の噂が言い伝えとなり、掟を継続させているのだ。

この伝承の適当さを見ていると、大人たちはただ、子どもたちを早く家に帰すための脅し文句が欲しいだけなんじゃないかと思えてくる。

また掟といえば。ウヮーガナシーの存在がくっきりと明らかになったことによって、一つ増えた項目があった。

——チム、シカラーサレーナキバ。チム、クチサレーハナシバ。

心が傷ついて発生した〝よどみ〟は、ウヮーガナシーが食わなければならない。それは苦くて不味いものらしいから、なるべくは出さないに越したことはない。

ただし人の心とは傷つくもの。〝よどみ〟を出さない人間はいない。だから完全になくすことはできないものの、人間同士で気づき合い、癒やし合うことでウヮーガナシーへの負担を少しでも軽くしようというものだ。

だから痛みを隠して、一人で〝よどみ〟を大きくしてはいけない。悲しければ泣きなさい《チムシカラーサレーナケー》。苦しければ話しなさい《チムクチサレーハナセー》。そうすれば島の誰かが、あなたの痛みに気づくことができるから——。

「しかしどうすりゃ〝よどみ〟って減らせんのかねえ……」

一輪車を押しながら、ヨナは誰にともなくつぶやいた。

すると一輪車の上に乗る依子が、「簡単だし！」と振り返る。

「歌えばいーばーよっ！」

そう言って欠けた前歯を覗かせ、『ハイサイおじさん』を歌う。

ああだからもしかして、とヨナは思った。この島の人たちは悲しいことがあっても三線を奏で、たとえ葬式があろうと乾杯して歌い踊る。

悲しみや寂しさを吹き飛ばすように。心が沈んでしまわないように。もしかしてそれは、〝よどみ〟を溜めないようにするためだったのではないか。もしかして遥か昔から、人々はウヮーガナシーとともに生きてきたのではないか。

ヨナは依子の歌う音程の外れた『ハイサイおじさん』を聞きながら、新しい秘密基地へと走った。

夏休みも中盤に差し掛かっていた。


「黒豚様……。環は寂しゅうございます……」

ぐすん、と環は鼻をすすった。

亀井商店の裏から伸びる石段の、その先にある廃れた神社にて。

ヨナたちが新たに秘密基地と定めた境内に、緋寒桜の木が立っている。広がる枝葉にだらしなく腰かけ、環は映画撮影に精を出す一行を見下ろしていた。

波多野が子豚だった頃使っていたという人間界への秘密の抜け道を通って、環はちょくちょく波多野に会いに来る。しかし波多野は忙しいと言って、なかなか相手をしてくれない。

「七年ぶりに黒豚様が帰って来たと思ったら……結局いたのは一週間だけだったしさあ」

あの嵐の夜の後。目を覚ました波多野は、結局城に溢れた〝よどみ〟を食べに、ニライカナイへと戻った。七年間の〝よどみ〟が溢れたのは自分の責任でもあると、神々の集う首那城へと姿を現したのだ。

それから半壊した城下町を片付ける神々に混じって、あちこちに残った穢れを食べていった。

しかしそれも夏休み最初の一週間だけ。ある程度町が復興してくると、波多野は人間として、島に戻る意思をミルク神に伝えた。

ミルク神は波多野の母親にぶたれた頬を擦りながら、柔らかに尋ねた。

「……私たちはまだ、〝よどみ〟の処理の仕方がわかりません。あれをご覧なさい。無理をした獏神などは、〝よどみ〟を食べ過ぎてもう二日もあの調子……」

ミルク神の視線を追って振り向けば、腹を膨らました獏神が絨毯に寝転がり、黒い涎を垂らして唸っている。

「このままでは、〝よどみ〟は溜まる一方です。たまには……来てくれますよね？」

「いいわ。たまにならねっ」

波多野は胸を張り、笑顔で答えた。

これから発生する〝よどみ〟は、獏神を始めとした他の神々が持ち回りで食べることになっていた。しかし本来、そのような役目を担わない神々は難儀していた。そのため持ち回りのローテーションには、人間界で生きる波多野にも加わって欲しいと提案される。島からは離れられなくなってしまうが、それで給食に〝よどみ〟を混ぜられることがなくなるのならばと、波多野はそれを承諾した。

だから二週間に一度だけ、波多野はニライカナイへ帰って、人一倍多くの〝よどみ〟を食べる。

環は緋寒桜に腰かけながら、黒糖の餅——笹ムーチーを取り出した。笹に包まれた黒い餅に、革袋に詰められたネバネバを——自分の持ち回り分である〝よどみ〟を、ぺたりと付ける。

一口かじって舌を出す環。

「まっず……」

こうして〝よどみ〟を食べてみると、ウヮーガナシーが首那城を逃げ出したのも頷ける。七年前は、これをウヮーガナシー一人で消費するのが当然だった。それが当たり前すぎて、〝よどみ〟の味など考えたこともなかった。

こんなものを食べなければならない子豚の気持ちなど、一度も。

「……ところでさあ、ウシュマイさん。そろそろそれ、聞き飽きたんだけどー」

環は、同じ木の枝の上で胡坐をかく老人に、八つ当たりするように言う。

ウシュマイと呼ばれた、歯が一本しかない老人は、三線を弾く手を止め小首を傾げた。

「みんな言ってるよ？　あのオジーは『ハイサイおじさん』しか弾けないってさ。言われっぱなしでいーのかー？」

　オジーはしばらく考えたあと、一本歯を覗かせてニッコリと笑った。

　三線を激しく打ち鳴らし、奏で始めたのはモンゴル800である。

「うはっ……やればできんじゃんっ」

　満足した環は木の幹に背をもたれ、足を組んで〝よどみ〟味のムーチーにかじりつく。

　緋寒桜の神見習いである環が腰掛けているせいで、その桜の木一本だけが八月にもかかわらず、満開に咲き誇っていた。


「よーい――」

　カチンコの代わりに、ヨナは拍子木を構えた。「ハイッ」と言いながらカンッ、カンッと打ち鳴らす。本来の使い方をすれば、「火の用心――」の後に二度叩かれる拍子木の音だ。一度じゃ物足りず、つい二度鳴らしてしまうのはご愛敬。ヨナの合図でビデオカメラのテープが回り、撮影スタッフは口を閉じる。

　依子までもが両手で口元を押さえ、辺りにはピリッと張り詰めた緊張感が漂う。

　ビデオカメラを構えているのはアキ坊だった。いつものキャップではなく、パーティーグッズの三角帽子を被っているのは、この後にブリキ役として出演するからである。

八重子はライオン用の猫耳を気に入り、ライオン役以外はやらないと駄々をこねた。マルが用意した猫の手と尻尾を着け、何故か自らTシャツの裾を胸の下辺りで切った。ライオンというよりも猫である。語尾にニャーニャーと付けるあたり、本人は乗り気だ。

八重子にライオン役を取られてしまったので、マルはカカシ役となった。藁《わら》を体中に縛りつけた状態で、助監督も兼任して走り回る。肉付きのいい、ずいぶんと太いカカシだ。

朽ち果てたお堂の観音開きから、制服姿の波多野が登場する。

本当ならばそれなりの衣装を着せたく、姉のいなみが通販で買って隠していたフリフリスカートのワンピースをこっそり持ち出して着せてみたが、この辺鄙な島を背景にするとあまりに浮き上がって見えたので、結局ヨナは、制服姿を撮ることにした。

他の三人は浮き上がってアホに見えても構わなかったが、波多野だけは、綺麗に撮りたかった。

お堂の石段を下りた波多野は、境内の端から眼下に広がる宇嘉見島を望み、頬を引き攣らせる。

「わ、わあ……。ここが、オズの国？　すごぉい……」

「カット、カット！」

ヨナは拍子木を連打してカメラを止めさせた。

「笑顔が堅いよ、波多野。もっと自然に笑ってくれ」

何でもこなせる優等生の波多野なのに、芝居に限ってはまったくの下手くそだった。七年間も〝波多野清子〟を演じていたはずなのに、ドロシーを演じることができない。

黒髪からちょこんと覗く耳の先を真っ赤に染めて、波多野はしょんぼり下を向く。

「……ごめんなさい」

「まさか演技が弱点だったとはな……」

「だって！　雰囲気でないんだもん！　制服だし。神社だし。シーサー小脇に抱えてお堂から出てくるドロシーの気持ちが、まったくわかんないわっ！　ってか何でシーサー？　トト、石化しちゃったの？」

真面目な波多野はいちいち設定に口を出してくる。

ヨナは困って頭を掻いた。

「まあ……石化、したんだよ。なあ、マル」

「……うん。監督がそう言うんなら、したんだろうね」

マルはハンカチで額に流れる汗を拭きながら答えた。この助監督は、基本的に監督のイエスマンだ。すると今度は、カメラマンのアキ坊が顔を上げた。

「なあ、トトって何だ」

あまりに初歩的な質問だ。ヨナはいら立ち混じりに答える。

「犬だよっ。ドロシーのそばにくっついてたろ、ずっと」

「や、観てねえからなあ……」

「おい観ろよ！　DVD貸してやったろ！」

八重子が猫の手を腰に当て、「あきれたね」とヨナに味方する。

「あんた、どうやってブリキを演じるつもり？　本物観なきゃ間違っちゃうニャー」

「おいライオン、ニャアって言うな。お前が一番間違ってるからな」

頼りない撮影仲間に、ヨナはため息をついた。先が思いやられる。

結局オズの国は、宇嘉見島を舞台にして撮ることにした。そもそも中学生であるヨナたちはこの島から出られないのだから、それ以外に選択肢はないのだ。

ドロシーを演じる波多野は、これから木々のトンネルを下って山を下り、胡散臭いユタのオバーが住む亀井商店で助言をもらい、オレンジ色のツナギを着た兵隊たちが治める商店街を経由して、樽のように太い魔女が住むヨナの家へ向かう。

ただし映画撮影にはハプニングがつきものだ。これから先の物語は、何が起こるかわからない。ヨナは心を躍らせる。

この島が嫌いだった。早く出たいと願っていた。東京への憧れは今も変わらない。しかし波多野やみんなと映画作りに没頭する夏休みは、楽しかった。

波多野が笑えば心が跳ねる。

そのドキドキを、ヨナは撮りたい。

「そうだ、これ！　これ食えば、自然に笑えるだろ？　ドロシーはずっとこれ食ってるって設定にしよう」

　ヨナが波多野に差し出したのは、亀井商店で買ったタンナファクルーの袋。

「……何それ、バカにしてるでしょ。そりゃ甘い物は好きだけどさ、だからってこんなあからさまに釣られて笑うことなんてできないわ」

　そう言いながらも袋へと手を入れる波多野。

　タンナファクルーを一口かじった次の瞬間、口内に広がる甘さに相好を崩す。

「んふ。おいしぃ……！」

　その正体は黒い豚。波多野は今でも、〝よどみ〟を食べれば醜い神様へと変身する。

　しかしその屈託のない笑顔を知った島の人たちはもう、彼女を恐れたりなどしない。

　黒豚姫の幸せそうな表情をレンズに映し、ビデオカメラは回り始めた。

あとがき

自己紹介させて頂きます。

初めまして。カミツキレイニーと申します。

二〇一一年の五月に、小学館ガガガ文庫より『こうして彼は屋上を燃やすことにした』でデビューいたしました。

全部カタカナの筆名の由来は、当時在籍していた映画製作の専門学校で監督をした短篇映画の、『a rainy day』というタイトルから取りました。ただのレイニーだったものから、物足りないなあと思い、学校帰りの市ヶ谷駅のホームでふと、カミツキを当てたものです。

二〇一二年に『憂鬱なヴィランズ』シリーズを始めて全五巻、このあとがきを書くひと月前に完結した『七日の喰い神』シリーズが全四巻。

『黒豚姫の神隠し』は、一一冊目の刊行となります。

二〇一五年の夏に立ち上げたこの企画、あわやお蔵入りになるところを救い上げてくださったのが、今の担当編集さんである奥村氏でございました。

二〇一六年の始めにはできていた原稿もまた、いろいろあって取り下げることになったのですが、それを守ってくださったのも奥村氏。波多野やヨナが世に出られたのは、ひとえに奥村氏のおかげであったと言っても過言ではないでしょう。いろいろと相談やアドバイスもいただき、大変お世話になりました。

また、妖しくも美しい装幀を手がけてくださったMinoru先生とデザイナーのアフターグロウ様。初めてラフ画を拝見させていただいた時は、散りばめられた沖縄の雰囲気と、ミステリアスな波多野の姿に興奮いたしました。素晴らしいカバーデザインをありがとうございます。

そして、僕らの世代ではわからない難解な方言を教えてくれた父殿。沖縄本島で生まれ育った僕でも、オジーやオバーの使用する言葉はあまりに難解で、小首を傾げながらルビを振っていたところを助けてもらいました。

同じ沖縄でも島によって使われる言葉が違うのですが、そこは一般的に使われるものを父殿にアドバイスしてもらいました。一般的……とは言っても、やはりヨナのオジーの話す全ルビの台詞は大変でしたが。オジーもう喋らんでくれと思ったくらいさ。

ちなみに〝アキ坊〟って、この父が幼少期から呼ばれているあだ名です。

他にも多くの人々の助力があって、一冊の本が完成いたしました。

デビュー作にも〝ドロシー役〟が出て来ますが、今作でももう一人の〝ドロシー役〟が登場いたします。今度の舞台は沖縄の離島。

頭の天辺の剝げたシーサー。

近所から聞こえる三線の音色。

琉球の風が吹き抜ける、開け放たれた赤瓦の家。

笑い声の絶えない食卓に並ぶ、色鮮やかな料理の数々。

そして上でもなく下でもなく、すぐそばにいる沖縄の神々。

今は東京で暮らす僕の、思い出の中にある風景を詰め込みました。

ヨナを通して、あの不思議な島を一緒に冒険していただけたなら幸いです。

宇嘉見島は今も本島の南東にあって、陽気な人々が歌いながら生きている。

この物語が届けられたことを、感謝しています。

カミツキレイニー

本書は、書き下ろし作品です。

伊藤計劃
Project Itoh
虐殺器官
GENOCIDAL ORGAN
新版

蒼穹のファフナー ADOLESCENCE

冲方 丁

「あなたはそこにいますか」謎の問いかけとともに襲来した敵フェストゥムによって、竜宮島の偽りの平和は破られた。島の真実が明かされるとき、真壁一騎は人型巨大兵器ファフナーに乗る。シリーズ構成、脚本を手がけた人気アニメを冲方丁自らがノベライズ。一騎、総士、真矢、翔子それぞれの青春の終わりを描く。スペシャル版「蒼穹のファフナー RIGHT OF LEFT」のシナリオも完全収録。

Gene Mapper -full build-

藤井太洋

拡張現実技術が社会に浸透し遺伝子設計された蒸留作物が食卓の主役である近未来。遺伝子デザイナーの林田は、L&B社の黒川から、自分が遺伝子設計をした稲が遺伝子崩壊した可能性があるとの連絡を受け、原因究明にあたる。ハッカーのキタムラの協力を得た林田は、黒川と共に稲の謎を追うためホーチミンを目指すが――電子書籍の個人出版がベストセラーとなった話題作の増補改稿完全版。

ハヤカワ文庫

know

野﨑まど

超情報化対策として、人造の脳葉〈電子葉〉の移植が義務化された二〇八一年の日本・京都。情報庁で働く官僚の御野・連レルは、あるコードの中に恩師であり稀代の研究者、道終・常イチが残した暗号を発見する。その啓示に誘われた先で待っていたのは、一人の少女だった。道終の真意もわからぬまま、御野はすべてを知るため彼女と行動をともにする。それは世界が変わる四日間の始まりだった。

僕が愛したすべての君へ

乙野四方字

人々が少しだけ違う並行世界間で日常的に揺れ動いていることが実証された時代——両親の離婚を経て母親と暮らす高崎暦は、地元の進学校に入学した。勉強一色の雰囲気と元からの不器用さで友人をつくれない暦だが、突然クラスメイトの瀧川和音に声をかけられる。彼女は85番目の世界から移動してきており、そこでの暦と和音は恋人同士だというが……『君を愛したひとりの僕へ』と同時刊行

ハヤカワ文庫

君を愛したひとりの僕へ

乙野四方字

人々が少しだけ違う並行世界間で日常的に揺れ動いていることが実証された時代——両親の離婚を経て父親と暮らす日高暦は、父の勤める虚質科学研究所で佐藤栞という少女に出会う。たがいにほのかな恋心を抱くふたりだったが、親同士の再婚話がすべてを一変させた。もう結ばれないと思い込んだ暦と栞は、兄妹にならない世界へと跳ぼうとするが……『僕が愛したすべての君へ』と、同時刊行。

著者略歴　沖縄県生，作家　著書『こうして彼は屋上を燃やすことにした』〈憂鬱なヴィランズ〉〈七日の喰い神〉

HM=Hayakawa Mystery
SF=Science Fiction
JA=Japanese Author
NV=Novel
NF=Nonfiction
FT=Fantasy

黒豚姫《くろぶたひめ》の神隠《かみかく》し

〈JA1226〉

二〇一六年十二月二十日　印刷
二〇一六年十二月二十五日　発行
（定価はカバーに表示してあります）

著者　カミツキレイニー
発行者　早川浩
印刷者　入澤誠一郎
発行所　株式会社 早川書房

郵便番号　一〇一 - 〇〇四六
東京都千代田区神田多町二ノ二
電話　〇三 - 三二五二 - 三一一一（大代表）
振替　〇〇一六〇 - 三 - 四七七九九
http://www.hayakawa-online.co.jp

乱丁・落丁本は小社制作部宛お送り下さい。
送料小社負担にてお取りかえいたします。

印刷・星野精版印刷株式会社　製本・株式会社フォーネット社

Printed and bound in Japan
ISBN978-4-15-031226-8 C0193

本書は活字が大きく読みやすい〈トールサイズ〉です。